TANGSHAN TIGERS

Aus der Bibliothek von:

Tangshan Tigers

Dan Lee

Tangshan Tigers

Der Rächer von Kyoto

Aus dem Englischen von Julia Walther

KOSMOS

Mit besonderem Dank an Brandon Robshaw

Dan Lee lebt in Asien und England. Er ist Wing Tsun-Meister und trainiert Kickboxen sowie Jiu-Jitsu.

Umschlaggestaltung von Atelier Reichert, Stuttgart,
unter Verwendung einer Illustration von Jerry Paris.
Illustrationen von Jerry Paris
Aus dem Englischen übersetzt von Julia Walther

Titel der englischen Originalausgabe:
Dan Lee: Tangshan Tigers – The Invisible Cloud

First published by Puffin Books, London 2008
Weitere Bände in dieser Reihe siehe S.159

1. Auflage

ISBN 978-3-440-11934-1
Redaktion: Katharina Jacobi
Gestaltung und Satz: DOPPELPUNKT, Stuttgart
Produktion: Angela List
Printed in the Czech Republic/Imprimé en République tchèque

Inhalt

Kapitel 1

Ein neuer Wettkampf

»Matt James!«

»Ja, Sir?«

»Diese Kratzer und Prellungen da an deinen Armen – woher stammen die?«

»Ähm …«

Diese Frage brachte Matt gehörig ins Schwitzen. Was konnte er darauf schon erwidern? Sollte er etwa die *Wahrheit* sagen, oder was?

Undenkbar!

Mr Wu, Schulleiter der Internationalen Akademie Peking, hatte ihn an der Tür zur Aula abgefangen. Er war ein in jeder Hinsicht überaus korrekter Mensch. Wie immer trug er einen maßgeschneiderten Anzug und blitzblanke schwarze Schuhe. Mehr und mehr Schüler drängten sich an ihnen vorbei und in

die *Große Halle*, wie hier die Aula genannt wurde. Doch der Schulleiter musterte Matt nach wie vor äußerst kritisch durch seine metallgerahmte Brille.

Unbehaglich betrachtete Matt seine Arme. Ohne weiter darüber nachzudenken, hatte er heute Morgen einfach ein kurzärmliges T-Shirt angezogen, und nun konnte jedermann die blauen Flecken und Kratzer sehen.

Wie um alles in der Welt sollte er das erklären?

Tja, Sir, wissen Sie …, könnte er wahrheitsgemäß berichten, *… die stammen von meiner Flucht aus einer Höhle voller elendiger Schurken.*

Er musste unwillkürlich grinsen.

Mr Wu würde ihn natürlich für vollkommen übergeschnappt halten, so viel war mal klar. Matt konnte sich nur allzu lebhaft Mr Wus Gesichtsausdruck vorstellen, wenn er wirklich die ganze Geschichte erfahren würde.

Eigentlich wäre es das fast schon wieder wert – aber Matt durfte trotzdem nichts verraten.

Denn eines konnte er auf keinen Fall preisgeben: das Geheimnis der *Tangshan Tigers*.

Der Name stammte von einem berühmten Elite-Kampfsportteam, und Matt und seine Freunde hatten vor einiger

Zeit beschlossen, unter diesem Namen mysteriöse Ereignisse oder verdächtige Kriminalfälle aufzuklären.

Außer ihm selbst gehörten noch Olivier, Catarina und Ben zu den Tangshan Tigern. Sonst wusste jedoch kaum jemand etwas von deren Existenz.

Nein, es war völlig ausgeschlossen, ausgerechnet Mr Wu davon zu erzählen!

»Ach, die Kratzer da?«, versuchte Matt daher, Zeit zu schinden. Er fuhr sich prüfend mit der Hand über den Arm. »Stimmt, die sind ziemlich übel, oder?«

Oje – besonders einfallsreich war das auch nicht gerade. Er konnte ja schlecht die ganze Zeit Mr Wus eigene Worte wiederholen.

Der schien das ähnlich zu sehen.

»Ja genau. Ziemlich übel. Also, woher stammen die nun?«, fragte er mit gereizter Stimme.

Matt zögerte. Es sollte ihm schleunigst etwas einfallen. Aber Lügen war Matt noch nie leichtgefallen. Er hatte einen richtigen Knoten in der Zunge.

»Woher die stammen?«, wiederholte er gedehnt und fuhr sich nervös mit der Zunge über die Lippen. »Also, äh, ich bin – wir sind, … äh … und *dann* …«

Mr Wu starrte ihn schweigend und mit eisiger Miene an, aber da ertönte zu Matts Erleichterung plötzlich eine Stimme dicht hinter ihm.

»Warum sagst du Mr Wu nicht einfach die Wahrheit, Matt?« Es war Olivier.

Matt sah seinen Freund verwirrt an.

Die Wahrheit? Meinte Olivier im Ernst …?

»Wahrscheinlich ist es ihm peinlich, es zuzugeben, Sir«, fuhr Olivier, an Mr Wu gewandt, fort. »Aber Matt besitzt doch seit noch gar nicht so langer Zeit dieses supercoole neue Fahrrad – mit Leichtmetallrahmen, einundzwanzig Gängen und allem Schnickschnack. Er hat damit eine Runde gedreht, war zu schnell und musste 'ne Vollbremsung hinlegen. Tja, diese Bremsen sind halt auch vom Feinsten, und unser Matt vielleicht nicht immer der Geschickteste – auf jeden Fall hat es ihn glatt über den Lenker befördert. Stimmt doch so, oder, Matt?«

»Äh, ja«, brummte Matt beleidigt. »Direkt über den Lenker. War ziemlich schmerzhaft.«

Mr Wu verzog den Mund zu einem dünnen Lächeln. »Du musst besser achtgeben, Matt«, sagte er in seiner gespreizten Art. »Rad fahren verlangt Umsichtigkeit und Vorsicht. Wir wollen doch nicht, dass sich einer unserer Stars des Kampfsportteams verletzt, nicht wahr?« Er lachte etwas verkrampft.

»Nein, Sir.«

Mr Wu nickte kurz und ging nach einem letzten missbilligenden Blick hinein in die Große Halle.

Matt und Olivier folgten ihm mit etwas Abstand. Erleichtert blickte Matt zu Olivier hinüber. Sein Freund hatte das beeindruckende Talent, sich in kniffligen Situationen blitzschnell glaubwürdige Geschichten ausdenken zu können. Anders als Matt war er nie um Worte verlegen. Und aus seinem Mund klangen diese Ausreden auch nicht wie Lügen, sondern eher wie äußerst plausible Geschichten. Matt glaubte sie beinahe selbst, so überzeugend, wie Olivier sie erzählte.

»Danke!« Matt boxte Olivier freundschaftlich in die Seite. »Du hast mir da eben echt aus der Patsche geholfen. Dafür schulde ich dir was.«

»Kein Problem, Mann.«

»Bis meine Arme verheilt sind, werde ich nur noch langärmlige Pullis tragen, ich schwör's«, seufzte Matt. »Ich will wirklich nicht, dass es *noch* jemandem auffällt!«

Sie bahnten sich einen Weg durch die Schülermenge und nahmen neben Ben Hung und Catarina Ribeiro Platz.

»Hallo Leute«, begrüßte Catarina sie gut gelaunt. »Wo habt ihr denn so lange gesteckt?«

»Ach, Mr Wu wollte nur wissen, was mit meinem Arm los ist«, erklärte Matt. »Ich dachte schon, dass ich ihm am Ende doch noch die Wahrheit sagen muss – du kennst mich ja: null Phantasie. Zum Glück ist Olivier grad vorbeigekommen und hat irgendwelchen Blödsinn erzählt. War echt knapp. Mr Wu denkt jetzt zwar, ich wäre zu dämlich zum Fahrradfahren …« Er warf seinem Freund einen etwas vorwurfsvollen Blick zu. »Aber – na ja, wenigstens hat er nicht weiter nachgebohrt.«

»Wo wir gerade von Mr Wu sprechen«, erwiderte Catarina, »meint ihr, er sagt heute endlich etwas zu unserem nächsten Wettkampf?«

»Ich hoffe es«, antwortete Matt. »Falls überhaupt schon alles feststeht.«

»Hm – was denkst du denn, wo er stattfinden wird?«

»Keine Ahnung. Das werden wir bestimmt gleich erfahren …«, sagte Matt und grinste erwartungsvoll, »… hoffe ich zumindest!«

Er sah sich um, während sich die Große Halle weiter füllte.

Selbst nach ein paar Monaten an der Akademie Peking hatte er sich noch nicht an diese ungewöhnliche Aula gewöhnt.

Es handelte sich um einen ziemlich beeindruckenden hohen Raum mit riesiger Bühne und großen Fenstern. Die Wände waren mit einem weitläufigen Mosaik bedeckt, das Weiden und chinesische Pagoden darstellte. Das Beste waren jedoch die kleinen Mosaikfliesen: Sie reagierten auf Wärme und wechselten den Tag über ständig ihre Farbe – je nachdem, wie das Sonnenlicht gerade einfiel. Momentan leuchteten sie in einer Mischung aus Blau- und Grüntönen mit einem leichten Hauch von Rosa und Violett. Matt blickte zufrieden um sich. Er konnte es immer noch fassen, dass er hier sein durfte. Denn das hieß gleichzeitig: von einem der besten Trainer überhaupt in allen möglichen Kampfsport-Richtungen ausgebildet zu werden. Das Allerbeste daran war jedoch, dass er hier so phantastische Freunde gefunden hatte.

Alle vier waren sie ausgesprochen gut im asiatischen Kampfsport. Matts Spezialität war Taekwondo, Bens Judo, Oliviers Kung-Fu, und Catarina beherrschte die brasilianische Kampfsportart Capoeira.

Ja, sie waren allesamt Kampfsportler mit Leib und Seele. So viel stand fest. Aber – sie waren auch sehr verschieden, und jeder von ihnen brachte besondere Fähigkeiten mit in die Tangshan-Tiger-Gang:

Da war Olivier mit seinem Charme und dem Talent, sich aus jeder brenzligen Lage herauszureden. Dass er Mr Wu gerade eben so erfolgreich bequatscht hatte, war typisch für ihn. Ben dagegen war ein absolutes Genie, wenn es um irgendwelche elektronischen Geräte ging. Alles, was mit Elektronik oder Computern zu tun hatte, war sein Spezialgebiet. Irgendwie konnte Ben diese Dinge stets dazu bringen, genau das zu tun, was er wollte. Catarina wiederum war so behände und gelenkig wie eine Zirkusakrobatin. Und Matt selbst verfügte praktischerweise über ein fotografisches Gedächtnis. Wenn er etwas sah oder beobachtete, merkte er sich alles ganz automatisch bis ins allerkleinste Detail …

Stille senkte sich über die Schülerschar, und Matt sah gespannt nach vorne, als Mr Wu die Bühne betrat.

Mit selbstgefälliger Miene blickte ihr Schulleiter in die Runde und räusperte sich. Versteckte Mikrofone trugen und verstärkten seine Stimme: Noch in den hintersten Winkeln der Halle war sie klar und deutlich zu hören.

»Guten Morgen«, begann er pompös. »Es ist mir eine besondere Freude, folgende Ankündigung zu machen: Unser Kampfsportteam – das gerade erst seinen Sieg über das Institut Shanghai feiern durfte – wird demnächst an einem weiteren großen Wettkampf teilnehmen. Die Mannschaft wird nach Japan reisen, um gegen die Elite-Akademie Kyoto anzutreten.«

»Ja!« Matt hieb mit der Faust in die Luft.

»Oh Mann«, staunte Johnny Goldberg, Matts Freund und Zimmergenosse. »Kyoto. Habt ihr ein Schwein!«

Johnny gehörte nicht mit zur Kampfsporttruppe. Seine Leidenschaft war Basketball, und er war einer der Stars der Schulmannschaft.

»Ja, das ist echt genial!« Matt freute sich schon jetzt auf die Reise. »Ich war noch nie in Japan!«

Sämtliche Teammitglieder redeten inzwischen aufgeregt durcheinander.

Ihr Trainer, Chang Sifu, hatte zwar angekündigt, dass vielleicht die Möglichkeit eines weiteren Wettkampfes bestand. Aber mehr hatte er zu diesem Thema nicht gesagt.

Überhaupt – er verriet generell nie besonders viel. Doch nach Mr Wus Ankündigung war es nun offiziell.

»Ich war mit meinem Vater mal in Japan.« Oliviers Vater war Diplomat, und dadurch war Olivier schon viel herumgekommen. »Es wird euch dort gefallen. Die Landschaft ist traumhaft – und das Essen superlecker.«

»Das klingt gut. Aber ich hoffe echt, dass das Kyoto-Team fair kämpft«, ließ sich Ben vernehmen. »Nicht wie diese Irren aus Shanghai.«

»Oh ja, auf so etwas kann ich auch verzichten«, stimmte Matt ihm mit gerunzelter Stirn zu. Auf das Shanghai-Team war hier niemand gut zu sprechen: Sie hatten im Kampf gegen die Akademie Peking unerlaubte Tricks und ziemlich fiese Einschüchterungsmethoden eingesetzt. »Aber egal, ob fair oder nicht, schlagen können wir sie allemal! Die sind –«

Er wollte noch etwas hinzufügen, doch Mr Wu räusperte sich wieder, und das aufgeregte Gemurmel verstummte.

»Ich bin sicher, dass unser Team – unter der erstklassigen Anleitung von Chang Sifu – erneut triumphieren und mit einer weiteren Trophäe für mein Büro zurückkehren wird, ähm …«, er hüstelte, »… ich meine natürlich, für die Internationale Akademie Peking.«

Die Aussicht auf eine Reise nach Kyoto versetzte nicht nur Matt in helle Aufregung. Seinen Kameraden ging es ganz genauso. Während sie die Große Halle verließen, sprachen sie von nichts anderem.

»Was glaubt ihr, wer Mannschaftskapitän wird?«, fragte Ben neugierig.

Chang Sifu betraute der Reihe nach verschiedene Schüler mit diesem Amt. So hatte jeder im Team wenigstens einmal die Gelegenheit, gewissermaßen der Anführer zu sein.

»Mannschaftskapitän?«, wiederholte Catarina gleichgültig und zuckte mit den Schultern. »Ist mir egal. Wenn er es mir anbietet, nehm ich's natürlich an. Aber eigentlich will ich einfach nur da draußen antreten.«

»Er sollte das Amt *mir* geben«, verkündete Carl Warrick, der neben den Freunden aufgetaucht war. »Ich wäre mit Sicherheit am geeignetsten.«

»Ach? Und wieso?«, wollte Olivier wissen.

»Weil ich der Beste bin!«

»Wirklich? Wie kommt es dann, dass ich dich gestern im Training geschlagen habe?«, erkundigte sich Ben mit unschuldiger Miene.

»Du hast halt Glück gehabt, sonst nichts«, meinte Carl. »Außerdem war das ja bloß Training. Da hab ich mich gar nicht richtig angestrengt.«

»Ja, klar!«

»Ich sollte sowieso noch aus einem anderen Grund Kapitän werden«, fuhr Carl fort. Seine Miene verzog sich zu einem hinterhältigen Grinsen.

Matt beschlich sofort ein ungutes Gefühl. Er hatte schon so eine Ahnung, worauf Carl hinauswollte. Und was er da vermutete, gefiel ihm gar nicht.

Ben schien es ähnlich zu gehen.

»Aha, du hast noch ›einen anderen Grund‹«, wiederholte er wachsam. »Und der wäre?«

»Sagen wir mal so: Falls ich nicht Kapitän werde, könnte ich womöglich etwas ausplaudern, das keiner wissen soll. Es könnte mir so rausrutschen, wenn ihr wisst, was ich meine.«

»Nein. Das tun wir nicht – ich hab keine Ahnung, wovon du redest«, erwiderte Matt leise, auch wenn es nicht ganz der Wahrheit entsprach.

»Das bezweifle ich.« Grinsend marschierte Carl davon, um sich seinen Freunden Miles und Roger anzuschließen.

Die Tangshan Tiger sahen sich an.

»Das ist Erpressung!« Ben ballte wütend die Hände.

Matt nickte.

Dummerweise war es Carl bei ihrem letzten Abenteuer gelungen, ihnen heimlich zu folgen. Carl wusste zwar nicht so genau, was eigentlich passiert war, aber zumindest hatte er begriffen, dass sie das Schulgelände ohne Erlaubnis verlassen und gegen die Schulregeln verstoßen hatten. Garantiert wusste Carl genug, um ihnen eins auszuwischen: Er konnte sie problemlos in Schwierigkeiten bringen, falls Mr Wu anfangen sollte, unangenehme Fragen zu stellen.

»Das würde er nicht wagen!«, Matt war nicht bereit, sich ausgerechnet von Carl einschüchtern zu lassen. »Er hat doch selbst gegen Schulregeln verstoßen, und außerdem hat er Meister Chang versprochen, nichts zu erzählen –«

»Leute brechen manchmal ihr Versprechen«, bemerkte Olivier trocken.

»Aber was genau will er denn mit diesem ganzen Gequatsche andeuten?«, überlegte Matt. »Will er uns wirklich dazu zwingen, dass wir ihn als Kapitän vorschlagen?«

»Niemals werde ich den vorschlagen!«, rief Ben. »Da kann er sagen, was er will!«

»Ganz deiner Meinung«, stimmte Olivier ihm zu.

»Eher schlage ich meinen Hund vor!« Catarina grinste herausfordernd, und die vier prusteten los.

Da ertönten einige Takte klassische chinesische Musik aus den Lautsprechern: das Signal zum Beginn des Unterrichts. Als sie den Gang hinunter zur Mathestunde eilten, rief Matt den anderen über die Schulter hinweg zu: »Macht euch mal keine Sorgen. Meister Chang entscheidet, wer Kapitän wird.

Und könnt ihr auch vorstellen, dass Carl *ihn* erpresst?« Der Gedanke, Carl könnte versuchen, Chang Sifu unter Druck zu setzen, war lächerlich.

»Nie im Leben«, erwiderte Ben entschieden.

Catarina nickte energisch. »Völlig ausgeschlossen!«

Meister Chang hatte um eine zusätzliche Trainingsstunde gebeten und diese direkt vor die Mittagspause gelegt. Als Mitglied der Kampfsportmannschaft durfte man manchmal früher aus dem Unterricht.

Das ist definitiv ein echter Bonus!, dachte Matt zufrieden, als er sich kurz vor zwölf Uhr mit den anderen auf den Weg zum *Kwoon* machte. Dort, in ihrem speziellen Übungsraum, hatten sich inzwischen alle Teammitglieder in ihren Kampfsportanzügen versammelt.

Chang stand ganz ruhig in der Mitte. Er trug einen einfachen weißen Kampfsportanzug mit schwarzem Gürtel. Seine Haare waren grau, aber sein Gesicht faltenlos.

Matt hatte noch nie jemanden getroffen, der so viel körperliche Gelassenheit ausstrahlte wie Master Chang. Doch irgendetwas an seiner lockeren Haltung zeigte, dass er, falls nötig, jederzeit zu blitzschnellen Bewegungen bereit war.

Aber eben nur, wenn es nötig wäre.

»Versammelt euch bitte hier«, sagte er.

Die Mannschaft bildete einen respektvollen Halbkreis um ihn herum.

»Nun«, begann Chang. »Wir gehen also nach Kyoto.«

Matt und die anderen brachen wieder in aufgeregtes Rufen aus.

Chang hob die Hand, um für Stille zu sorgen.

»Aber ich habe noch eine weitere wichtige Ankündigung. Ein Mitglied unserer Truppe wird uns bald verlassen. Er wird auf eine andere Schule wechseln. Durch einen seltsamen Zufall handelt es sich dabei ausgerechnet um die Elite-Akademie Kyoto. Wenn er also in die dortige Mannschaft aufgenommen wird – und daran habe ich keinen Zweifel –, dann wird er im kommenden Wettkampf einer unserer Gegner sein.«

Nach dieser Neuigkeit herrschte erst einmal absolute Stille in der Halle.

Matt war sehr bestürzt. Er verstand sich mit allen so gut, dass er sich nicht vorstellen konnte, gegen irgendeinen von ihnen in einem ernsthaften Wettkampf anzutreten. Wer konnte das wohl sein? Doch ganz sicher nicht einer der Tangshan Tiger?

Nie im Leben!

Er sah seine Freunde an, doch die schienen ebenso wenig Bescheid zu wissen wie er. Ben runzelte fragend die Stirn, Catarina zuckte mit den Schultern, und Olivier breitete ratlos die Arme aus.

Chang ließ sie jedoch nicht lange im Ungewissen.

»Der Schüler, der die Schule wechselt«, sagte er, »ist Dani Valerio.«

Matt und alle anderen drehten sich zu Dani um, der sie verlegen angrinste. Matt kannte ihn tatsächlich nicht so gut wie manche der anderen Mannschaftsmitglieder, aber er mochte ihn gern. Dani war ein stiller, ernsthafter Junge aus Italien und ein guter Karateka.

»Nun, Dani«, meinte Chang. »Ich überlasse es dir, die Gründe für deinen Wechsel zu erklären.«

»E-es tut mir leid, dass ich euch verlassen muss, Leute«, stotterte Dani. »Ihr wisst ja, meine Eltern arbeiten an der Uni, und sie haben beide für ein Jahr eine Stelle an der Universität von Kyoto bekommen. Also muss ich mitgehen. Wir reisen morgen ab. Die Schule in Kyoto soll ziemlich gut sein – eine richtige Elite-Akademie eben … Aber ich gehe trotzdem nicht gerne aus Peking weg.«

Matt sah zu Chang hinüber. Seine Miene war unbeweglich. Man konnte unmöglich ahnen, was sein Lehrer dachte.

Einen Moment lang herrschte betretenes Schweigen.

Dann gab Matt sich einen Ruck. Er trat nach vorne und schüttelte Dani die Hand.

»Glückwunsch«, sagte er. »Ich bin sicher, du wirst dort super zurechtkommen.«

Andere Schüler drängten sich nun ebenfalls um Dani, um ihm zu gratulieren und auf die Schulter zu klopfen.

»Kyoto ist klasse«, versprach ihm Ben. »Es wird dir dort hundertprozentig gefallen.«

»Und vergiss nicht, das Sushi zu probieren!«, rief Olivier.

Auch Max, der Junge aus Deutschland, kam näher und wünschte ihm viel Glück.

Die zierliche Lola war als Nächste dran: »Wir werden dich vermissen, echt schade«, sagte sie und fügte hinzu: »Aber du wirst bestimmt Kapitän vom Kyoto-Team, davon bin ich absolut überzeugt!«

»Leute, jetzt macht mal halblang«, schaltete sich Catarina nun in ihrer resoluten Art ein. »Heult nicht rum, es ist ja nicht so, als würden wir ihn nie wiedersehen. Wir treffen Dani doch sowieso in zehn Tagen beim nächsten Wettkampf.«

»Genau«, meinte Carl, der als Einziger vollkommen ungerührt blieb. »Und ich freu mich schon drauf, dir kräftig in den Hintern zu treten, Dani!«

Matt funkelte Carl böse an. Wie brachte Carl es nur immer wieder fertig, dermaßen taktlos und unverschämt zu sein?

Carl spürte seinen Blick.

»Was ist denn?«, knurrte er prompt mit herausfordernder Stimme.

Doch ehe Matt mit einer entsprechenden Bemerkung reagieren konnte, hob Chang wieder die Hand.

»Ich hätte es nicht ganz so ausgedrückt wie Carl. Trotzdem hat er natürlich in gewisser Weise recht. Einer von euch wird Dani im Wettkampf gegenübertreten müssen. Und wir werden unser Bestes geben, um dich zu besiegen. Du weißt, dass das nicht persönlich gemeint ist, Dani«, fügte er, an den jungen Italiener gewandt, hinzu und erklärte ruhig: »Das ist nun einmal so. Aber um das Kyoto-Team zu schlagen, sollten wir uns besonders konzentrieren. Denn deren Kämpfer haben einen ausgezeichneten Ruf, das kann ich euch versichern. Wir müssen lernen, so scharf zu beobachten wie Adler.«

Er blickte in die Runde und erklärte dann:

»Wenn sie in der Luft kreisen, können Adler ihre Beute aus

über einem Kilometer Entfernung erspähen. So gut sind ihre Augen, so genau sehen sie hin. Und ihr? Auch ihr müsst euch auf euer Ziel konzentrieren wie ein Adler auf der Beutesuche. Das werden wir heute im Training üben.«

»He, Moment mal«, protestierte Carl. Er zeigte auf Dani. »Ich trainiere aber nicht mit einem Verräter!«

»So ein Blödsinn«, widersprach Matt. »Er ist kein Verräter!«

»Aber er wird gegen uns kämpfen. Sollte er da nicht in seinem Zimmer sein und seine Taschen packen, statt hier noch ein paar letzte Tipps zu bekommen?!«

Matt sah, dass Dani sich in seiner Haut überhaupt nicht wohlfühlte. Er trat von einem Bein aufs andere, und seine Wangen röteten sich.

»Dani ist ein Schüler der Akademie Peking und ein Mitglied dieser Mannschaft – und zwar bis morgen«, unterbrach Chang Sifu das Geplänkel.

»Ich würde niemals jemandem die Gelegenheit verwehren, etwas über Kampfsport zu lernen« fuhr er fort. »Dani ist in diesem Kwoon willkommen, bis er abreist. Und wenn es jetzt keine weiteren Fragen mehr gibt –«

»Doch, ich hätte da noch eine!«, ließ sich Carl schon wieder vernehmen. »Wer wird das Team denn nun anführen?«

»Du solltest einfach besser zuhören, Carl.« In Changs Stimme schwang ein Hauch Schärfe mit. Zumindest genug, dass Carl rot wurde und den Blick zu Boden senkte. »… dann würdest du es umso eher erfahren. Heute stelle ich euch eine Aufgabe: absolute Konzentration bei extremer Ablenkung zu bewahren. Wer diese Aufgabe am besten erfüllt, verdient sich damit das Amt als Mannschaftskapitän – oder auch«, er lächelte den Mädchen des Teams zu, »*Kapitänin.*«

Matt bemerkte, dass Carl nun schon nicht mehr ganz so selbstbewusst wirkte. Er selbst hingegen freute sich fast auf die Aufgabe, die vor ihnen lag.

Ich muss mich nur konzentrieren, wiederholte er sich immer wieder in Gedanken. Mehr muss ich gar nicht tun. Ich werde mich durch nichts ablenken lassen.

Dennoch – er konnte nicht verhindern, dass sich leise Zweifel in seinem Kopf breitmachten.

Was genau meinte Chang mit *extremer Ablenkung*?

Kapitel 2

Schlangen in der Dunkelheit!

Matt und die anderen warteten gespannt darauf, dass Chang Sifu ihnen die bevorstehende Aufgabe erklären würde.

»Ihr sollt eine einfache *Kata* ausführen –«

»Ach, das ist alles?«, platzte Carl schon wieder heraus, und Matt konnte hören, wie erleichtert er war. »Kein Problem: Ich habe schon Katas gemacht, da war ich noch –«

»… da war ich noch im Bauch meiner Mama!« Olivier äffte Carls australischen Tonfall perfekt nach. »Und das stimmt echt – könnt ihr auf den Ultraschallbildern sehen!«

Die anderen lachten, während Carl Olivier böse Blicke zuwarf. Chang sorgte mit einer kleinen Handbewegung für Ruhe.

»Eure Aufgabe besteht darin, eine einfache Kata auszuführen«, nahm er den Faden wieder auf. »Aber: Dabei dürft ihr nicht aus dem Rhythmus geraten, egal welche Ablenkungen auch auftauchen mögen.«

Matt sah aufmerksam zu und prägte sich jedes Detail genau ein, als Chang die Kata vorführte. Es war ein relativ einfacher Bewegungsablauf: zwei Schritte nach vorn, abblocken, ein hoher Kick, ein Handkantenschlag, zwei Schritte zurück.

»Verteilt euch so, dass ihr genug Platz habt, und fangt an«, wies Chang sie leise an.

Zusammen mit den anderen begann Matt mit der Übung. Dabei sah er niemanden an, sondern konzentrierte sich ganz auf seinen Körper und versuchte, Changs scheinbar mühelose Eleganz und den kraftvollen Rhythmus seiner Bewegungen so genau wie möglich nachzuahmen.

Bald hatte er einen gleichmäßigen Rhythmus gefunden, den er mühelos beibehielt.

Im gesamten Kwoon war inzwischen nichts mehr zu hören außer dem Geräusch nackter Füße auf der Matte und dem angestrengten Schnaufen der Schüler, die jetzt langsam ganz schön ins Schwitzen kamen.

Bisher waren sie durch nichts abgelenkt worden.

Aus dem Augenwinkel sah Matt, wie Chang auf einmal verschwand. Er musste sich enorm beherrschen, um nicht den

Kopf zu drehen. Stattdessen konzentrierte er sich wieder auf seinen Bewegungsablauf: Schritt, Schritt, Blocken, Kick, Schlag …

Dann hörte er plötzlich ein dumpfes *Klack!* .

Der Strom wurde abgeschaltet, und alle Lichter im Kwoon gingen aus.

Der Übungsraum war nun beinahe vollkommen dunkel.

Matt konnte nichts sehen, aber er hörte, wie zwei Schüler neben ihm ins Stocken kamen und ihre Schrittfolge unterbrachen. Einer von ihnen kicherte nervös.

»Die zwei von euch, die die Übung unterbrochen haben, treten bitte an den Rand«, erklang Changs Stimme. »Die anderen machen weiter.«

Matt blieb im Takt. Allmählich gewöhnten sich seine Augen an die Dunkelheit. Schemenhaft erkannte er die Umrisse seiner Teammitglieder um sich herum sowie Changs dunkle Gestalt drüben bei der Tür.

Einige Augenblicke später sah er, wie Chang erneut verschwand und sich die Tür mit einem leisen Klicken hinter ihm schloss.

Wo war Chang diesmal hingegangen? Diese Frage brachte Matt beinahe aus dem Rhythmus – aber es gelang ihm gerade

so, doch noch im Fluss der einmal begonnenen Bewegungsfolge zu bleiben:

Schritt, Schritt, Blocken, Kick, Schlag …

Chang konnte jeden Moment wieder auftauchen oder auch erst in zehn Minuten, das Wichtigste war jedoch, dass Matts Übungsablauf nicht stockte, wenn sein Trainer zurückkam. Er nahm wahr, dass sich die Tangshan Tiger neben ihm genauso gleichmäßig bewegten – trotzdem konzentrierte er sich weiterhin bewusst auf seinen eigenen Körper.

Die Tür öffnete sich, und Chang trat wieder in die Halle. Er trug eine Art Sack über der Schulter. Damit ging er langsam auf den Rand der Matte zu, wo er den Sack ausleerte.

Ein Knäuel sich windender, schwarzer Dinger fiel heraus. Lange, geschmeidige Wesen, die sich rasch voneinander lösten und über die Matte krochen …

Schlangen!

Matt spürte, wie er innerlich heftig zusammenzuckte und seine Handflächen zu schwitzen begannen. Er hatte zwar keine richtige Angst vor Schlangen, aber er mochte die Viecher auch nicht besonders. Irgendwie fand er sie gruselig.

Da war er anscheinend nicht der Einzige, denn im selben Moment brach das Chaos los. Einige Schüler schrien erschrocken auf, und Lola, das Mädchen aus Nigeria, vergaß ihre Kata komplett und rannte panisch aus der Halle, um sich in der Umkleidekabine zu verstecken.

Mit Mühe gelang es Matt, auch jetzt noch den Rhythmus der Bewegungen beizubehalten. Chang mochte zwar ungewöhnliche Lehrmethoden haben, aber er würde doch sicher keine giftigen Schlangen zum Training bringen! Die *mussten* einfach harmlos sein – vermutlich Grasnattern oder irgend so etwas Ähnliches.

»Alle Schüler, die den Ablauf unterbrochen haben, verlassen bitte die Matte«, erklang wieder Changs Stimme. »Die verbleibenden fünf fahren mit der Übung fort.«

Matt sah, dass es sich bei den anderen vier, die noch nicht die Nerven verloren hatten, um Catarina, Ben, Olivier und überraschenderweise Carl handelte.

Auch wenn er eine Nervensäge war, eines musste man Carl lassen: Mut hatte er wirklich.

Matt wusste, dass Carl Angst vor der Dunkelheit hatte. Und diese dann auch noch in Kombination mit Schlangen auszuhalten, die *vermutlich* nicht giftig waren – das erforderte schon eine ganze Menge Willenskraft. Das Amt des Mannschaftskapitäns musste Carl enorm wichtig sein.

Mir aber auch!, stellte Matt plötzlich fest und versuchte, sich wieder ganz dem Fluss der Kata zu überlassen.

Doch es war schwer, die Konzentration beizubehalten, wenn man wusste, dass die Schlangen näher und näher krochen.

Eine kam jetzt zielstrebig auf ihn zu: Ihr Körper bog sich in s-förmigen Windungen, und der flache Kopf schien sich genau auf Matt zu richten.

Da ertönte ein ohrenbetäubendes Kreischen.

Eine Schlange war über Carls nackten Fuß geglitten, woraufhin er auf einem Bein herumhüpfte und versuchte, sie abzuschütteln.

Matt konnte nicht anders, als vor Lachen loszuprusten.

»Carl, Matt – verlasst bitte beide die Matte.«

Matt lehnte sich mit dem Rücken an die Wand.

So was Idiotisches! Jetzt hatte er so lange durchgehalten, und dann brachte ihn ausgerechnet *Carl Warrick* zum Lachen. Na ja, einen Trost gab es, denn zumindest würde einer der Tangshan Tiger den Job bekommen.

Er musste nicht lange auf die Entscheidung warten.

Ben und Olivier flippten kurz darauf wegen einer speziellen Schlange völlig aus, die sich über die Matte auf die beiden zubewegte. Jeder im Raum, der nahe genug stand, konnte sofort nachvollziehen, weshalb: Die Schlange starrte den beiden Jungs direkt ins Gesicht und ließ dabei ihre gespaltene Zunge von links nach rechts zucken.

»Das war aber auch ein besonders fieses Exemplar«, raunte Matt Ben zu, als der sich zu ihm an den Rand gesellte.

»Aber echt!« Ben schüttelte sich angeekelt.

Catarina war als Einzige übrig geblieben und vollführte anmutig die Bewegungsfolge, wobei sie geschickt über die Schlangen hinwegtrat, die sich zu ihren Füßen wanden.

Chang schaltete die Lichter wieder an. Dann sammelte er achtsam die Schlangen ein und legte sie zurück in den Sack.

»Das ist ja ein totales Irrenhaus hier!«, platzte es aus Carl heraus. »Die hätten uns beißen können – und vergiften!«

»Das glaube ich kaum«, erwiderte Chang sanft. Er streichelte der Schlange, die er gerade in der Hand hielt, liebevoll über den Kopf.

Jetzt im Licht konnte Matt die leuchtend grüne Haut der Tiere sehen sowie das Rautenmuster auf deren Rücken.

»Das hier sind harmlose Grasnattern. Wunderschöne Wesen. Nun, die Aufgabe ist erfüllt. Catarina, du wirst das Kampfsportteam der Internationalen Akademie Peking auf unserer Reise nach Kyoto anführen.«

Matt rannte zu Catarina hinüber und klopfte ihr bewundernd auf die Schulter.

»Klasse gemacht! Das war echt super!«

Auch die anderen Tangshan Tiger versammelten sich um Catarina, um ihr zu gratulieren. »Hoch lebe Catarina!«

»*Kapitänin* Catarina!« Ein paar der Jungs kicherten albern, aber Chang warf ihnen einen Blick zu, der sie sofort verstummen ließ.

»Hattest du keine Angst?«, fragte Ben jetzt mit aufrichtiger Bewunderung in der Stimme.

Catarina grinste. »Vor ein paar kleinen Schlangen? Wieso sollte man da Angst haben?«

Carl schnaubte empört. »Das ist einfach lächerlich! Ich kann es nicht glauben. Unser neuer Kapitän ist ein –«

Blitzschnell drehte sich Catarina zu ihm herum. Ihre Augen wurden zu schmalen Schlitzen.

»Ja, bitte? Ein *was*?!«

Die beiden funkelten sich an. Doch dann schüttelte Carl bloß den Kopf und stürmte aus der Halle.

Matt und seine Freunde grinsten Catarina zu.

»Kommt, ziehen wir uns um. Und dann ist es Zeit fürs Mittagessen«, meinte Ben.

»Was es wohl heute gibt?«, überlegte Olivier laut.

»Schlangeneintopf!«, antwortete Matt wie aus der Pistole geschossen.

Lachend rannten sie zu den Umkleidekabinen.

Zehn Tage später saßen Matt, seine Teamgenossen und Meister Chang in einem eleganten Reisebus mit Klimaanlage. Mr Figgis, ihr Geschichtslehrer, kam als Begleitperson ebenfalls mit und unterhielt sich vorn im Bus mit Chang Sifu.

Der Bus brachte sie zu einem Privatflughafen östlich von Peking, der inmitten von grünen Wiesen und Feldern lag. Der Flughafen war zwar klein, aber dafür ultramodern. Allein schon der schlanke Kontrollturm aus Stahl wirkte wie aus einem Science-Fiction-Film.

Matt wurde so langsam richtig hibbelig. Er wollte endlich in das Flugzeug steigen, das sie auf den Weg nach Japan bringen würde!

Neben ihm saß Olivier, der offenbar völlig in sein Buch vertieft war. Es hieß: *Die Geschichte Kyotos.*

Matt stupste ihn aufgeregt an.

»Was gibt's?«

»Wir sind da! Das da drüben muss unser Flugzeug sein!«

Auf der Startbahn stand ein Privatjet, dessen Tragflächen im Sonnenlicht glänzten. Insgesamt war der Jet viel kleiner als ein normales Passagierflugzeug. Aber auch hierbei handelte es sich um ein hochmodernes Exemplar.

»Cool!«, kommentierte Ben hinter ihnen. »Das ist ein Learjet XL5 – das allerneuste Modell. Mit brandaktuellem Design. Der fliegt locker tausend Meilen die Stunde!«

Nacheinander kletterten sie aus dem Bus.

Chang Sifu führte sie einen schmalen Weg entlang zum Flughafengebäude. Drinnen war es ruhig und überschaubar – so ganz anders als in den großen internationalen Flughäfen, die Matt bisher erlebt hatte. Außerdem wurden sie im Handumdrehen abgefertigt. Es gab keine Schlange bei den Check-in-Schaltern, und der uniformierte Beamte warf lediglich einen kurzen Blick auf ihre Pässe. Dann folgten sie auch schon Chang und Mr Figgis durch eine Tür und hinaus auf den sonnenbeschienenen Platz, wo der Learjet XL5 in der Tat bereits auf sie wartete.

Auch innen war der Jet um einiges kleiner als ein normales Flugzeug, aber da er natürlich entsprechend weniger Sitze hatte und die Gruppe diese mit niemandem teilen musste, kam er ihnen unheimlich geräumig vor. Die Kabine selbst war außerdem der pure Luxus: mit dickem, weichem Teppich ausgelegt und Sitzen aus Leder.

Man hat eher das Gefühl, sich in einem fliegenden Hotel zu befinden als in einem Flugzeug, dachte Matt verblüfft. Allerdings war ihm auch nachdem sie längst gestartet waren und noch während des gesamten Fluges durchaus bewusst, dass sie in der Luft unterwegs waren. Denn in der Lehne des Sitzes vor ihm befand sich ein sehr spezieller Bildschirm:

Dieser zeigte ein dreidimensionales Bild des Jets, wie er über Asien und das Chinesische Meer hinweg und nach Japan flog. Er konnte dichter heran- und wieder wegzoomen und so wahlweise das Land direkt unter sich oder auch den ganzen Kontinent sehen. Außerdem wurden Flughöhe und Geschwindigkeit angezeigt. Matt war völlig fasziniert von diesem Anblick und konnte kaum den Blick davon abwenden.

Der Flug selbst ging schnell vorbei. Matt unterhielt sich mit den anderen, und es wurde viel herumgealbert. Zudem hatte Ben seine neue Spielkonsole dabei. Sie war mit einem gerade erst veröffentlichten Kampfsportspiel in höchster Auflösung ausgestattet, wie er ihnen erklärte. Außerdem gab es natürlich leckeres Essen: Sushi in einer kleinen Plastikschale. Und

die Aussicht war – auch ohne Bildschirm – nicht zu verachten. Zuerst konnte man Südkorea zwischen den Wolken hindurch erahnen, später folgte das dunkelblaue Wasser des Japanischen Meeres.

»Was meinst du?«, fragte Ben mit einem Mal und löste den Blick von seiner Konsole. »Bist du bereit fürs Turnier?«

»Ich glaube schon«, antwortete Matt. »Ja, ich fühl mich so weit ganz fit.«

Ehrlich gesagt hatte er das Gefühl, in Topform zu sein, aber er wollte nicht zu viele Worte darüber verlieren. Schließlich sollte man das Schicksal nicht herausfordern.

Gegen Nachmittag landeten sie dann auf dem Flughafen von Kyoto.

Matt streckte sich ausgiebig und atmete tief durch.

Es war ein schöner Frühlingstag, und nach einigen Stunden in der Kabine war er froh, wieder an der frischen Luft zu sein.

In der Ankunftshalle führte Chang sie direkt zur Passkontrolle.

»Was ist mit unserem Gepäck, Sir?«, wollte Ben wissen.

»Keine Sorge, das wird direkt zur Akademie gebracht. Zuerst möchte ich euch nämlich an einen besonderen Ort in der Stadt bringen.«

»Und wohin genau, Sir?«, fragte Matt.

»Zu einem Tempel …«, lautete die Antwort. »Genauer gesagt, zu einem sehr berühmten Tempel, dem *Toji-Tempel.*«

Matt blickte fragend zu Catarina, aber sie zuckte nur mit den Schultern. Ihr sagte der Name auch nichts.

Olivier blätterte allerdings, während sie den Flughafen verließen, eifrig in seinem Buch.

»Ah, da ist es: *Toji-Tempel*«, erklärte er schließlich. »Das heißt so viel wie *Ost-Tempel.*«

Vor dem Flughafen stand wiederum ein, wie Matt fand, ziemlich edel wirkender, silberner Bus für sie bereit. Sie stiegen ein, und auf dem Weg durch die Stadt blickte Matt unverwandt aus dem Fenster.

Eben näherten sie sich einem der Tempel, und fast hatte Matt das Gefühl, in die Vergangenheit gereist zu sein. Offensichtlich ging es hier in manchen Stadtgebieten weniger hektisch zu als in Peking.

Als er Olivier darauf ansprach, antwortete dieser:

»Kann schon sein, dass es hier in manchen Ecken ein bisschen ruhiger zugeht. In meinem Buch war davon die Rede. Früher gab es hier wohl irgendein Gesetz, wonach kein Gebäude mehr als drei Stockwerke haben durfte. Es gibt nämlich viele historische Bauwerke hier – Tempel und so. Und man wollte nicht, dass die dazwischen untergehen.«

»Aber – klar«, setzte er noch hinzu, als Matt fragend auf einen etwas weiter weg entfernten Wolkenkratzer zeigte, »inzwischen stehen natürlich auch hier längst Hochhäuser.«

Trotzdem verstand Matt, was Olivier meinte. Auffällig waren vor allem die vielen Tempel, die es hier gab: typisch buddhistische Tempel mit diesen geschwungenen Dächern und Vorbauten. Oft waren sie leuchtend rot angestrichen, oder sie funkelten golden. Und selbst ganz gewöhnliche Häuser und Büros wirkten auf Matt oftmals altehrwürdig und malerisch mit ihren Farbtönen in Weiß, Creme und Rosa.

»Das ist wunderschön«, stellte auch Catarina fest. »Das sieht aus wie – wie gemalt!«

»Stimmt. Absolut genial!«

»Das habe mir doch gedacht, dass es euch hier gefallen wird«, sagte Chang lächelnd.

Der Einzige, auf den die Umgebung keinerlei Eindruck zu machen schien, war Carl Warrick. Er saß hinten im Bus und schimpfte lautstark vor sich hin.

»Warum müssen wir uns überhaupt diesen alten Tempel anschauen?«, beschwerte er sich gerade. »Was soll das? Warum können wir nicht einfach in die Akademie fahren und uns ausruhen? Wir sind jetzt schon *den ganzen Tag* unterwegs! Und morgen ist der Wettkampf. Wir müssen uns *erholen*!!«

Chang drehte sich in seinem Sitz um, um ihm zu antworten. »Du wirst feststellen, dass dir das hier bei der Erholung hilft, Carl. Die Aufregung der Reise, die neue Stadt, all das kann bewirken, dass du dich nicht richtig auf deine Aufgabe konzentrieren kannst. Der Ausflug zum Tempel wird dir Ruhe geben. Wir werden dort Entspannungsübungen machen.«

»Na, toll«, stöhnte Carl. »Was ist es denn diesmal? Setzen wir uns Frösche auf den Kopf, oder –«

Chang ging auf Carls unverschämte Bemerkung gar nicht erst ein: »Außerdem kommt ihr ja nicht jeden Tag nach Kyoto«, sagte er freundlich. »Willst du denn gar nichts davon sehen?«

»Es ist eine historisch sehr bedeutsame Stadt«, ließ sich nun auch Mr Figgis vernehmen. »Die einstige Hauptstadt Japans. Du solltest das Beste aus eurem Ausflug herausholen.«

»Ja, schon klar«, murmelte Carl.

Matt warf ihm einen genervten Blick zu. »Ich kann dieses Genörgel echt nicht mehr hören«, raunte er Olivier zu, der nur schweigend nickte.

Zum Glück fuhr der Bus in dem Moment durch ein Tor und auf das Gelände des Tempels zu.

»Los, kommt schon!« Matt konnte es kaum erwarten, den Bus zu verlassen und sich umzusehen.

Er war als Erster draußen, und sofort fiel ihm auf, welch geschäftiges Treiben hier herrschte. Der Platz vor dem Tempel war voller Stände, an denen Kleider, Schuhe, Taschen, Hüte, Gewänder und verschiedene Kleinigkeiten angeboten wurden. Hunderte von Menschen drängten sich dazwischen hindurch.

»*Das* habe ich jetzt nicht erwartet«, sagte er zu Mr Figgis, der neben ihm stand. »Was ist das hier? Ein Markt?«

»Es ist der Flohmarkt. Er wird am Einundzwanzigsten jeden Monats hier in den Tempelanlagen abgehalten«, erklärte ihm der Geschichtslehrer. »Eine uralte Tradition.«

Sie schlenderten über den belebten Markt. Catarina wollte immer wieder anhalten, um Schuhe anzusehen, doch Chang drängte sanft, aber bestimmt zum Weitergehen.

»Aber seht nur, diese Sandalen!«, quietschte sie. »Kann ich nicht wenigstens ganz kurz –«

Matt sah sie verwundert an. Dass die coole Catarina ausgerechnet bei Sandalen ausflippte, hätte er nicht gedacht.

»Ich werde dir etwas Interessanteres als Schuhe zeigen«, versprach Chang ihr lächelnd. »Folgt mir, bitte.«

Sobald sie den Markt hinter sich gelassen hatten, wurde der Tempel sichtbar – ein Anblick, bei dem Matt vor Staunen die Augen aufriss.

Der *Toji-Tempel* war unglaublich beeindruckend: ein massives Bauwerk aus Holz, mit geschwungenem verziertem Dach, dessen einzelne vergoldete Balken in der Sonne funkelten.

Vor dem Tempel befand sich ein grüner See.

Die Wasseroberfläche war so still, dass sich das Bild des Tempels perfekt darin spiegelte. Ringsherum standen Kirschbäume in voller Blüte: dicke rosa-weiße Büschel. Einzelne Blütenblätter rieselten sanft von den Zweigen hinab, als die Gruppe unter den Bäumen hindurchging. Überall bedeckten Blütenblätter den Weg, der um den See herum zum Tempel führte. Die Luft roch süß und schwer nach Frühling.

Matt hatte noch nie so etwas Wunderschönes gesehen oder gerochen, weder im Traum und erst recht nicht im wirklichen Leben.

Hinter ihm hörte er Catarina leise sagen: »Wow … Seht euch das an!«

Selbst Carl schien der Anblick zu imponieren.

»Was meinst du, Carl?«, fragte Matt ihn. »Bist du jetzt nicht doch froh, dass wir hergekommen sind?«

Carl zuckte mit den Schultern. »Ist doch bloß ein großes Holzhaus. Und ein paar rosa Blüten.«

Komischer Kerl, dachte Matt. Wäre es nicht leichter gewesen, einfach zu antworten: »Ja, es ist schön.«? Aber damit hätte er ausnahmsweise mal etwas Positives gesagt – und das war nun gar nicht Carls Spezialität.

Auf den Stufen des Tempels wurden sie von zwei buddhistischen Mönchen erwartet. Sie trugen orangefarbene Roben und hatten kahl rasierte Köpfe. Ihre Augen waren dunkel.

Er hätte nicht sagen können, warum – aber irgendwie spürte Matt, dass diese Männer über viel Klugheit, vielleicht sogar Weisheit verfügten … und in ihrem Leben vermutlich auch schon so einiges gesehen und erlebt hatten.

Als Meister Chang sich näherte, verbeugten sie sich.

Chang verneigte sich ebenfalls. Er sagte etwas in einer fremden Sprache zu ihnen, und sie antworteten ihm.

Er spricht Japanisch!, dachte Matt erstaunt. Aber andererseits – es gab ja so einiges, was er noch nicht über Chang wusste.

Der wandte sich jetzt an seine Schüler.

»Wir werden nun den Tempel betreten und uns den Garten ansehen. Bitte zieht eure Schuhe aus und stellt sie dort in die Regale«, und bevor Carl einen weiteren Kommentar abgeben konnte, fügte er ruhig hinzu: »Ihr werdet sehen, es handelt sich um einen sehr außergewöhnlichen Garten.«

Sie folgten Chang die Stufen hinauf und bis zu einer Veranda, die sich um das gesamte Tempelgebäude zog. An der Wand waren hölzerne Regalbretter befestigt, auf denen sie ihre Schuhe abstellten. Dann traten sie einer nach dem anderen durch die Tür in den Tempel.

Drinnen war es dämmrig und kühl. Der Raum selbst war sehr hoch. Auf der gegenüberliegenden Seite sah Matt eine riesige Buddha-Statue aus Marmor. Matt fand, dass die Gottheit sehr feierlich wirkte, wie sie so mit gekreuzten Beinen dasaß. Die Gruppe ging langsam daran vorbei und durch eine zweite Tür wieder hinaus – in den seltsamsten Garten, den Matt je gesehen hatte.

Er war rechteckig und etwa so groß wie ein Tennisplatz. Allerdings war er von feinem, weißem Sand bedeckt und vollkommen glatt und flach. Dazwischen lagen fünf große schwarze Steine verteilt – nicht symmetrisch, aber doch so, dass keiner der Steine zu dicht bei einem anderen lag. Es gab

weder Pflanzen noch Blumen, nichts Lebendiges außer etwas grünlichem Moos, das an den Seiten der Steinbrocken wuchs. Holzbänke zogen sich ringsherum, sodass man den Garten betrachten konnte, ohne den Sand zu betreten.

Das war höchst sonderbar – ein Garten so ganz ohne Blumen und Bäume! Trotzdem fand Matt ihn seltsam beeindruckend. Vielleicht lag es an der Einfachheit, der Unbeweglichkeit, der Stille. Das bunte Treiben des Flohmarktes schien endlos weit entfernt zu sein.

»Aber – das ist ja ein lustiger Garten.« Auch Lola klang verwirrt. »Aber … äh … fehlt da nicht was? Blumen zum Beispiel? Oder ein wenig Gras?«

Chang lächelte, als er die skeptischen Mienen von Lola und den anderen Schülern sah.

»Dieser Garten ist über vierhundert Jahre alt«, antwortete er mit leiser Stimme. »Ein perfektes Beispiel für die Kunst der Zen-Gärtner. Bitte sprecht jetzt nicht mehr, sondern richtet eure Aufmerksamkeit auf den Garten und meditiert. Befreit euren Kopf von allen Gedanken. Sobald ein Gedanke auftaucht, konzentriert ihr euch wieder auf den Garten. Werdet eins mit diesem Ort.«

Stille senkte sich herab.

Matt, der wie die anderen mit dieser Art der Meditation inzwischen schon recht vertraut war, blickte auf den Garten und ließ zu, dass diese äußere Ruhe auch sein Innerstes berührte. Wie seltsam, sich zu überlegen, dass diese Steine hier seit *vierhundert* Jahren unverändert dalagen …

Er spürte, wie sich seine Atmung verlangsamte. Nun ließ er den Blick von einem Stein zum andern wandern, über den weißen Sand dazwischen, und verdrängte alle Gedanken aus seinem Kopf.

Er hatte kein Gefühl dafür, wie viel Zeit vergangen war. Zwanzig Minuten? Eine halbe Stunde? Aber als Chang sich schließlich bewegte und sagte, es sei Zeit, zur Akademie zu fahren, fühlte er sich vollkommen ausgeruht und erfrischt.

»Das war eigenartig. Aber es hat irgendwie gutgetan«, sagte Matt, zu den anderen Tangshan Tigern gewandt.

»Ich weiß, was du meinst«, stimmte Olivier ihm zu.

»Ja, ich fühl mich auch …«, Catarina suchte einen Moment nach dem richtigen Wort und ergänzte dann mit nachdenklicher Stimme, »… *friedlicher.*«

Ben nickte. »Chang weiß immer ziemlich genau, was er tut.«

Gemeinsam gingen sie zurück zum Busparkplatz.

»Ich glaube, das haben wir echt gebraucht.« Damit sprach Ben aus, was sie alle vier empfanden.

»Hm … und es hat sogar bei Carl gewirkt.« Matt deutete auf seinen Mitschüler, der ausnahmsweise einmal stumm alleine vor sich hin spazierte und ganz in Gedanken versunken schien.

»Ja«, seufzte Catarina. »Aber ich frage mich doch, wie lange das wohl anhalten wird!«

Genau wie die Internationale Akademie Peking war auch die Elite-Akademie Kyoto eine große, moderne Anlage. Das Schulgebäude selbst war von Alleen aus Kirschbäumen umgeben, die alle in voller Blüte standen. Außerdem gab es dort drinnen ein Laufband, das die Schüler und Lehrer von einem Ende des Gebäudes zum anderen brachte. An den Wänden hingen Glasmalereien von Samuraikämpfern.

»Das ist alles ziemlich cool!«, stellte Catarina zufrieden fest.

»*Fast* so gut wie die Akademie in Peking«, fügte Olivier mit kritischer Miene hinzu.

»Aber eben doch nur *fast* …« Matt lachte gutmütig über die Loyalität seines Freundes.

Ihre Taschen standen bereits hinter der Rezeption für sie bereit. Eine freundlich lächelnde junge Empfangsdame sorgte dafür, dass auch wirklich jeder sein Gepäckstück wiederfand, bevor sie die Gruppe hinauf zu ihren Schlafräumen in der fünften Etage führte. Chang begleitete seine Schüler bis zum Flur, von dem aus die Zimmer abzweigten.

»Packt eure Sachen aus und erholt euch ein wenig«, riet er ihnen. »Heute Abend habt ihr frei! Ich wünsche euch viel Spaß.«

Matt teilte sich ein Zimmer mit Ben und Olivier.

Der Raum war hell und luftig. Statt normaler Betten gab es Futons: Lattenroste aus Holz, an deren Fußende eine dünne weiße Matratze aufgerollt war. Matt breitete seine aus und setzte sich darauf. Es war zwar recht hart, aber bequem.

»Ich glaube, diese Betten gefallen mir.«

»Ja, Futons«, meinte Ben. »Sind klasse, nicht wahr? Es ist super, so dicht überm Boden zu schlafen – da kannst du morgens direkt aus dem Bett rollen!«

»Aber was machen wir denn jetzt?«, wollte Olivier wissen. »Wir können ja nicht den ganzen Abend damit verbringen, auszupacken und auf unseren Futonmatten herumzusitzen.« Fast im gleichen Moment klopfte es an der Tür, und Matt

stand auf, um zu öffnen. Draußen standen vier Jungen und zwei Mädchen ungefähr in ihrem Alter. Sie trugen alle blau-rote Trainingsanzüge mit japanischen Schriftzeichen seitlich an den Hosenbeinen.

Einer von ihnen war Dani. Er stand etwas abseits und lächelte schief.

Matt verkrampfte sich sofort ein wenig beim Anblick des gegnerischen Teams. Er erinnerte sich noch gut daran, wie arrogant und feindselig das Team aus Shanghai beim letzten Wettkampf gewesen war. Wer weiß – vielleicht hatten die Kämpfer aus Kyoto ja dieselbe Einstellung. Waren sie womöglich nur gekommen, um die Pekinger Mannschaft einzuschüchtern?

Ganz vorne stand ein groß gewachsener, sportlicher Junge, der nun einen Schritt auf Matt zumachte und ihm die Hand hinstreckte. »Hallo. Ich heiße Miguel.« Er lächelte Matt freundlich an. »Ich bin der Kapitän vom Kampfsportteam. Wir sind gekommen, um euch zu begrüßen.«

»Oh, danke«, erwiderte Matt. »Es ist spitzenklasse hier bei euch! Ich bin übrigens Matt. Unser Kapitän … äh …«, er stockte kurz und korrigierte sich rasch, »ich meine, unsere Kapitänin ist nicht hier. Sie schläft in einem anderen Zimmer.«

»Okay, aber warum sagst du ihr nicht einfach Bescheid?«, schlug Miguel vor. »Am Ende vom Flur ist ein Gemeinschaftsraum. Da könnten wir uns doch in ein paar Minuten treffen und ein bisschen quatschen.«

»Klar doch«, sagte Matt begeistert. »Echt gerne! Gerade haben wir nämlich schon angefangen, uns ein bisschen zu langweilen.«

Das Kyoto-Team zog ab, aber Dani zögerte noch.

»Schön, euch wiederzusehen –«

»Jetzt komm schon rein«, tönte Oliviers Stimme aus dem Zimmer.

Auf diese Einladung hin trat Dani endlich ein und setzte sich auf einen der Futons.

»… ist auch schön, dich zu sehen«, sagte Matt. »Wie geht es dir denn hier so?«

»Und wie sind die Leute?«, wollte Olivier wissen.

»Ooch, ganz in Ordnung«, sagte Dani in seiner zurückhaltenden Art. »Ich habe schon ein paar neue Freunde gefunden. Da sind echt nette Kerle bei – vor allem die in der Kampfsporttruppe.«

»Das ist doch super …«, erwiderte Matt. Aber es versetzte ihn trotzdem einen leichten Stich, dass Dani seine Teamgenossen aus Peking offenbar so schnell vergessen hatte – bis Dani nach einem kurzen, verlegenen Schweigen hinzufügte:

»Sie sind sogar *beinahe* so nett wie das Team der Akademie Peking!«

Matt und die anderen grinsten sich erleichtert an und lachten wie auf Kommando los.

Zehn Minuten später trafen sie sich alle im Gemeinschaftsraum.

Als Mannschaftsführerin fühlte Catarina sich verpflichtet, ihre Leute vorzustellen. Sie machte ihre Sache ziemlich professionell, fand Matt. Denn zu jedem von ihnen sagte sie auch ein paar Sätze:

»Das hier ist Matt«, begann sie. »Taekwondo ist seine Stärke. Ach, und außerdem vergisst er nie etwas, also seid besser vorsichtig, wenn ihr was in seiner Gegenwart sagt!«

Beifälliges Gelächter erklang, und dadurch angespornt fuhr sie in bester Showmaster-Manier fort:

»Das da ist Olivier. Er macht Kung-Fu und spricht drei Sprachen. Und hier neben mir steht unser Judo-Experte Ben, ein absoluter Technikfreak.«

Es gelang ihr sogar, etwas Nettes über Carl zu sagen:

»Er ist ein Karateka und sein Vater ein sehr berühmter Karate-Champion.«

Während Catarina redete, entspannten sich nach und nach alle um sie herum.

Sie ist einfach die geborene Mannschaftsführerin, dachte Matt.

Im Gegenzug stellte Miguel das Team aus Kyoto auf die gleiche Weise vor.

Als Dani an die Reihe kam, unterbrach Catarina Miguel lächelnd und meinte:

»Nicht nötig, den kennen wir! Italiener, besonders gut in Karate. Seine Eltern arbeiten hier an der Uni, und er fährt gern Skateboard. Stimmt's, Dani?«

»Richtig.«

Dani nickte lächelnd.

»Gegen wen seid ihr in eurem letzten Wettkampf noch mal angetreten?«, erkundigte sich Matt.

»Gegen die *Central Highschool* von Tokio«, antwortete Neil, ein kanadischer Junge aus dem Team. »Und wir haben sie geschlagen!«

Also waren beide Teams aus ihren letzten Kämpfen als Sieger hervorgegangen, dachte Matt. »Wir haben unser letztes

Turnier auch gewonnen«, sagte er laut. »Ich glaube, morgen wird's ganz schön spannend.«

»Bestimmt«, pflichtete Miguel ihm bei. »Möge das beste Team gewinnen!«

Er sagte das mit so viel aufrichtigem Sportsgeist, dass Matt sich langsam ziemlich sicher war: Diese Truppe hier würde keine miesen Tricks versuchen.

»Hört zu, Leute«, fuhr Miguel fort. »Wir haben den Abend heute komplett für uns. Unsere Lehrer müssen sich unten in der Aula zur Begrüßungsfeier treffen. Warum veranstalten wir nicht was Ähnliches? Wir könnten alle zusammen in die Mensa zum Essen gehen und dann noch im Spielezimmer abhängen: Dort gibt's Computerspiele, Tischtennis, Billard. Was meint ihr?«

Catarina sah ihre Mannschaft an.

Matt und auch ein paar andere nickten ihr enthusiastisch zu.

»Klar!«, sagte sie lächelnd. »Warum nicht?«

»Dann bis gleich – unten in der Mensa«, und damit verließen sie den Raum.

»Na, das scheinen ja recht nette Leutchen zu sein, oder?«, meinte Catarina.

Die meisten nickten zustimmend. Nur Carl hatte mal wieder was zu motzen.

»Ihr seid ja so naiv! Merkt ihr denn nicht, dass die uns nur was vorspielen?«

»Wie meinst du denn das jetzt wieder?«, fragte Matt völlig perplex. So viel Misstrauen erstaunte ihn nun doch.

»Die versuchen doch bloß, uns weichzuklopfen! Ich traue denen nicht über den Weg. Wir sollten uns nicht mit ihnen abgeben. Schließlich sind wir zu einem Wettkampf hier, schon vergessen?«

»Sie haben uns eingeladen, gemütlich den Abend mit ihnen zu verbringen, und als Mannschaftskapitänin habe ich angenommen«, sagte Catarina. »Was denkt ihr anderen darüber?«

»Ich finde«, meldete sich Matt zu Wort, »wir haben uns echt ein bisschen Spaß verdient!«

Wenig später versammelten sich alle um einen großen Tisch in der Mensa.

»Das Essen ist genial«, schwärmte Olivier. Er aß ein traditionelles japanisches Gericht: Hühnchen *sukiyaki* und Reis.

»Olivier steht total auf Essen«, kommentierte Catarina grinsend, als sie die erstaunten Mienen der anderen sah.

»Wer tut das nicht?« Miguel lachte. »Hey, Dani hat uns von eurem Trainer erzählt. Klingt ja nach einem coolen Typen.«

»Ist er auch«, sagte Matt. Er erzählte dem Kyoto-Team die Geschichte mit den Schlangen und wie Catarina an den Job der Mannschaftskapitänin gekommen war.

Die anderen fanden die ganze Schlangengeschichte anscheinend ziemlich amüsant. Sie lachten sich schier kaputt, als sie hörten, wie Ben und Olivier angesichts der völlig harmlosen Grasnattern ausgeflippt waren.

Doch inmitten dieser ausgelassenen Stimmung hatte Matt plötzlich das seltsame Gefühl, beobachtet zu werden.

Er sah sich um und entdeckte an einem anderen Tisch einen Jungen, der feindselig zu ihnen herüberstarrte. Er war groß, hatte sehr kurze blonde Haare, und er schien sie mit seinen Blicken regelrecht durchbohren zu wollen.

Matt sah schnell weg und wollte Miguel nach ihm fragen, doch da Neil gerade sprach, mochte er nicht unterbrechen.

»Das ist ja irre!«, meinte Neil. Sie sprachen immer noch über Meister Chang. »Sensei Simon würde so etwas niemals tun. Er ist ziemlich gut und kennt sich total aus, aber er hält sich eher ans Lehrbuch und ist echt strikt im Training.«

»Wer ist Sensei Simon?«, fragte Ben.

»Unser Trainer. Der da drüben am Lehrertisch«, sagte Dani. »Der sich gerade mit Chang unterhält.«

Matt blickte zu Chang hinüber: Er und Sensei Simon waren offenbar intensiv in ein Gespräch vertieft. Da zeigte Sensei Simon auf den blonden Jungen, der sie vorher so böse angestarrt hatte, und sagte wieder irgendetwas zu seinem Trainerkollegen. Chang nickte und betrachtete den Jungen gedankenversunken. Der Blonde warf immer noch hasserfüllte Blicke quer durch den Raum zu dem Tisch, an dem die beiden Kampfsportteams saßen. Doch niemand außer Matt schien es zu bemerken.

Der hat offensichtlich ein ernsthaftes Problem mit uns, dachte Matt. Er beschloss jedoch, ihn zu ignorieren.

»Sollen wir uns dann mal ins Spielezimmer verziehen?«, schlug Miguel vor, als sie alle mit Essen fertig waren.

»Aber klar doch!«, erwiderte Catarina.

Matt amüsierte sich an diesem Abend prächtig – ebenso wie die anderen.

Der Einzige, der nicht mitmachte, war Carl. Er zockte bloß die ganze Zeit an der Spielekonsole und rief »Ja!« oder »Hab dich!«, wann immer er etwas auf dem Bildschirm abballern konnte.

Aber alle anderen kamen bestens miteinander aus.

Sie veranstalteten ein kleines Billard-Turnier, welches das Team aus Peking mit sechs zu fünf Spielen gewann. Matt war ziemlich gut, und er gewann die erste Runde gegen Miguel, indem er die schwarze Kugel mit einem befriedigenden *Kloink* versenkte. Danach spielten sie Tischtennis. Diesmal gewannen die Schüler aus Kyoto.

»Damit steht es jetzt eins zu eins«, meinte Miguel. »Also – mit welchem Spiel bringen wir das Ganze zur Entscheidung?«

Catarina sah auf die Uhr und meinte dann bedauernd: »Leute, es ist fast zehn. Chang hat gesagt, wir sollen um zehn wieder auf den Zimmern sein. Morgen ist schließlich ein großer Tag!«

»Dann wird wohl das Turnier entscheiden.« Ben grinste.

»Scheint so«, pflichtete ihm Martina aus der anderen Mannschaft bei.

»Okay.« Ganz offensichtlich war Miguel ebenfalls ein disziplinierter Mannschaftskapitän. »Wir sollten auch auf unsere acht Stunden Schlaf kommen. Hat jedenfalls Spaß gemacht mit euch.«

»Ebenso – und vielen Dank, dass ihr uns eingeladen habt«, erwiderte Matt. »Gute Nacht, alle miteinander. Bis morgen.«

Mit den Hochgeschwindigkeitsaufzügen fuhren sie gemeinsam hinauf zu den Schlafsälen.

Die Jungs und Mädchen vom Team aus Kyoto verschwanden in Richtung ihres Schlaftrakts. Matt und seine Zimmergenossen wollten ihnen gerade folgen, als Catarina sie zurückhielt:

»Wartet kurz. Mir fällt eben wieder ein, dass Chang uns noch mal kurz sehen wollte, bevor wir ins Bett gehen. Um sicherzugehen, dass alles okay ist. Also sollten wir besser noch ein Weilchen hierbleiben.«

Zwischen den Schlafräumen gab es eine größere Sitzecke mit tiefen, gemütlichen Sesseln. Da ließen sie sich gähnend nieder und warteten.

Sie mussten nicht lange ausharren. Kurz darauf öffnete sich die Tür, und Chang Sifu betrat den Raum.

Matt und der Rest des Teams standen auf und legten zur Begrüßung beide Hände vor der Brust aneinander. Diese traditionelle chinesische Geste der Respektsbekundung zeigten sie oft, wenn Meister Chang einen Raum betrat. Normalerweise erwiderte Chang ihren Gruß auf dieselbe Weise.

Nicht so heute. Er blickte starr geradeaus, ging langsam an ihnen vorbei und auf sein Zimmer am Ende des Ganges zu, wobei er beinahe stolperte.

Matt und seine Freunde sahen sich erstaunt an. Das war ausgesprochen seltsam.

Sie so komplett zu ignorieren, war grundsätzlich schon einmal unhöflich – aber für jemanden wie den sonst so zuvorkommenden und würdevollen Chang Sifu war das extrem ungewöhnlich.

Offensichtlich war Chang nicht ganz bei sich. Als er genauer hinsah, merkte Matt, dass sein Lehrer die Augen weit aufgerissen hatte. Er ging mit langsamen, unsicheren Schritten auf Matt zu.

»Chang Sifu?«, sprach Matt ihn an. »Ist alles in Ordnung?«

Chang hielt inne und betrachtete Matt, während er leicht hin und her schwankte.

»Alles okay«, antwortete er benommen.

»Hatten Sie – haben Sie sich bei der Begrüßungsfeier gut amüsiert?«

»Die Begrüßungsfeier«, wiederholte Chang schleppend. »Ja. Ich habe mich amüsiert.«

Er legte die Hand an die Stirn. Die Augen hatte er nun fast geschlossen.

Matt und seine Freunde sahen ihren Lehrer ratlos an.

»Geht es Ihnen nicht gut, Sir?«

»Nicht gut, nicht gut«, murmelte Chang, als könne er den Sinn der Worte nicht verstehen.

Jetzt baute Carl sich vor Meister Chang auf.

»Hallo, stimmt was nicht mit Ihnen?« Er sprach so laut und überdeutlich, als hätte er es mit einem Kleinkind zu tun. »Sie sehen aus, als ginge es Ihnen nicht gut!«

Matt konnte kaum fassen, dass Carl sich so rüpelhaft aufführte. Catarina sah das offenbar genauso. Sie packte Carl am Arm und zog ihn zur Seite.

»Lass das, Carl«, sagte sie. »Du brauchst nicht so mit ihm zu reden!«

Chang schien jedoch nichts zu bemerken. »Ich wünsche euch allen für morgen viel Glück«, murmelte er schläfrig und schlurfte in sein Zimmer.

Er hinterließ eine schwache, aber doch ausgesprochen auffällige Duftwolke.

»Was ist das für ein Geruch?«, wollte Max wissen.

»Keine Ahnung.« Ben zuckte mit den Schultern. »Vielleicht Blumen?«

Matt runzelte besorgt die Stirn. Er war daran gewöhnt, dass Chang sich stets vollkommen unter Kontrolle hatte. Und gerade weil er den Lehrer sonst wegen dieser Selbstbeherr-

schung und Haltung bewunderte, ertrug er es kaum, zu sehen, wie Chang sich derart seltsam benahm.

Den anderen schien es ähnlich zu gehen. Es herrschte auf einmal ein ungemütliches Schweigen.

»Meint ihr, er ist krank?«, fragte Lola schließlich.

Carl brüllte fast vor Lachen. »Ihr seid echt so naiv! Ist es nicht ganz offensichtlich, was mit ihm nicht stimmt?«

»Nein«, erwiderte Catarina gereizt. »Vielleicht wärst du so nett, uns aufzuklären.«

»Er kommt von einer Party. Und – er hat's ein bisschen übertrieben. Das sieht doch nun wirklich ein Blinder mit Krückstock!«

»Das glaube ich nicht.« Catarina schüttelte den Kopf.

»Ich auch nicht.« Ben warf Carl einen verärgerten Blick zu.

Die lockere Stimmung des Abends war nun völlig im Eimer, und so verzog sich die Mannschaft kurz darauf in ihre Schlafräume, ohne noch viele Worte zu wechseln. Alle wirkten ziemlich beunruhigt.

Matt lag auf seinem Futon und versuchte einzuschlafen, aber es gelang ihm einfach nicht. Er wälzte sich umher, lag mal auf dem Bauch und mal auf dem Rücken, aber auch das half nichts. Dem gleichmäßigen Atmen nach zu urteilen, waren Ben und Olivier längst eingeschlummert. Matt jedoch fand einfach keine Ruhe.

Schließlich stand er auf. Er ging zu dem offenen Fenster und blickte zu den dunklen, raschelnden Bäumen, die das Gebäude umgrenzten. Der Duft von Kirschblüten wehte herein.

Niemals würde Chang zu viel trinken, dachte Matt plötzlich. Es war einfach unmöglich. Das war überhaupt nicht seine Art. Trotzdem hatte er definitiv nach irgendetwas gerochen. Und zwar nach … Kirschblüten.

Aber warum?

Soweit Matt wusste, war Chang den Abend über nicht draußen gewesen. Er war zuerst in die Mensa gegangen und dann in die Aula zur Begrüßungsfeier. Ganz gewiss war er nicht unter den Kirschbäumen herumspaziert.

»Du solltest besser ein bisschen schlafen, Matt«, murmelte Olivier ihm verschlafen von der anderen Seite des Zimmers zu. »Großer Tag morgen!«

»Du hast recht.«

Matt kroch zurück unter die Decke seines Futons. Er befand sich in einem fremden Bett, in einer fremden Schule, in einem fremden Land. Und morgen würde er dazu beitragen, dass seine Mannschaft den Wettkampf gewann. Er drehte sich so,

dass er nach draußen in den sternenklaren Nachthimmel blicken und den Vollmond sehen konnte.

Ich *muss* morgen mein Bestes geben, dachte er.

Und dennoch – dieses ungute Gefühl ließ sich nicht vertreiben … Hoffentlich würde Chang Sifu bis morgen früh wieder der Alte sein. Matt war sich nämlich nicht sicher, ob er ohne seinen Lehrer wirklich alles aus sich herausholen konnte.

Kapitel 3

Seltsame Gerüche

Matts Kopf fühlte sich bleischwer an. Er hatte zwar keine richtigen Kopfschmerzen, aber jede einzelne Bewegung war unangenehm.

Die Nacht hatte ihm schlechte Träume beschert und ein unheimliches Gefühl hinterlassen. Normalerweise war Matt morgens hellwach, doch heute wäre er nur zu gern wieder ins Bett gekrochen.

Der Frühstückssaal war schon voller Leute. Alle waren mit dem Turnier beschäftigt. Matt hörte andere Schüler im Vorbeigehen darüber reden, wobei sie auf das Team aus Peking zeigten.

»Das da sind sie!«

»Das große Mädchen dort ist die Mannschaftskapitänin.«

»Was meinst du, werden wir sie schlagen?«

»Aber sicher doch – schließlich haben wir ja auch Tokio locker besiegt!«

Ihre Kommentare machten Matt ziemlich mutlos. Er hatte sich noch nie so wenig für einen Wettkampf bereit gefühlt.

»Alles in Ordnung, Matt?«, erkundigte sich Olivier, der ihm gegenüber am Frühstückstisch saß.

»Nicht wirklich«, gab Matt zu. »Ich bin schon seit dem Aufstehen total schlapp – so, als wäre ich gar nicht richtig wach. Ich versteh das nicht.« Er rieb sich frustriert die Augen. »Gestern konnte ich ewig nicht einschlafen, okay. Aber ich fühl mich, als ob ich *gar* nicht geschlafen hätte.«

»Ich auch«, meinte Ben da zu Matts Erstaunen.

Und tatsächlich: Sein Freund hatte dunkle Ringe unter den Augen.

»Und ich erst.« Catarinas normalerweise so waches Gesicht wirkte verquollen und müde. »Ich muss sagen, ich fühl mich heute alles andere als in Topform.«

»Was ist denn nur los mit euch?«, wunderte sich Olivier, der selbst nicht besonders frisch aussah. »Lasst euch doch nicht so runterziehen, bloß weil wir alle zufällig ein bisschen müde sind. Ihr solltet euch besser mal zusammeneißen. Wir haben hier doch einen Wettkampf zu gewinnen! Probiert mal was von diesem japanischen Essen, das ist superlecker!« Er gähnte, schaufelte aber munter Reis mit vergorenen Sojabohnen in sich hinein. Offenkundig beeinträchtigte die Müdigkeit seinen Appetit nicht im Geringsten.

»Du hast ja recht.«

Matt lud sich ebenfalls den Teller voll, aber im Gegensatz zu Olivier brachte er kaum etwas herunter. Stattdessen trank er reichlich von dem grünen Tee. Das war schon besser: Das Getränk schmeckte leicht bitter und erfrischend.

Er goss sich gerade ein zweites Glas ein, als Chang Sifu den Saal betrat. Matt konnte deutlich sehen, dass sein Lehrer sich seit dem vergangenen Abend kaum erholt hatte. Sein Blick war immer noch recht glasig, und seine Schritte wirkten eher zögerlich und vorsichtig. Neben ihm ging der Trainer des heimischen Teams, Sensei Simon, dessen Augen nicht viel klarer wirkten.

Am anderen Ende des Raumes ertönte plötzlich ein lautes Poltern.

Als Matt sich umdrehte, sah er, dass Mr Figgis, sein Geschichtslehrer, das Frühstückstablett hatte fallen lassen. Ungeschickt beugte er sich nun hinunter, um die einzelnen Teile wieder aufzusammeln. Ein anderer Lehrer schlurfte gähnend durch den Saal und hielt sich dabei den Kopf.

Was in aller Welt war hier los?

»Hört mal zu«, flüsterte Matt, woraufhin sich die anderen zu ihm herüberbeugten. »Hier geht irgendwas nicht mit rechten Dingen zu.«

»Ja, der Gedanke ist mir auch schon gekommen«, meinte Ben. »Die sehen alle aus, als würden sie schlafwandeln!«

»Hier ist zu viel los.« Matt schob seinen Teller zur Seite. »Wir müssen das in Ruhe besprechen. Am besten gehen wir hinauf zu den Schlafräumen.«

»Aber zumindest Chang sollten wir Bescheid sagen, dass wir kurz weg sind«, warf Catarina ein. »Nur für den Fall, dass er sich wundert, wo wir abgeblieben sind. Schließlich wird er kaum wollen, dass wir am Morgen des Turniers plötzlich verschwinden.«

Zusammen gingen sie hinüber zu Changs Tisch. Der Trainer saß vollkommen reglos da und starrte geistesabwesend ein Glas Fruchtsaft an.

»Sir?«, sprach Catarina ihn an. »Wir sind fertig mit Frühstücken. Ist es in Ordnung, wenn wir noch einmal zurück in unsere Zimmer gehen?«

Chang hob den Kopf und musterte sie angestrengt.

Dann verzog er wie in Zeitlupe den Mund zu einem eigentümlichen Lächeln.

»Natürlich«, antwortete er. »Aber vergesst nicht: Ein zerbrochenes Schwert gibt einen schlechten Spazierstock ab.«

»Entschuldigung, wie bitte?« Catarina blickte ihn erstaunt an. »Ich verstehe nicht –«

»Zerbrochenes Schwert gibt schlechten Spazierstock«, wiederholte Chang. »Ihr wisst schon.«

Matt sah die anderen an. Er hatte nicht die leiseste Ahnung, wovon ihr Lehrer da redete. Sie wussten alle miteinander nicht so recht, was sie darauf sagen sollten, und verabschiedeten sich verlegen

Der Aufzug brachte die vier Freunde hinauf zu den Schlafräumen. Die Kabine des Lifts war aus Glas, sodass man auf dem Weg nach oben die einzelnen Stockwerke sehen konnte.

Im Zimmer der Jungs angekommen, ließen sie sich auf die Futonbetten fallen. »Irgendwas stimmt nicht mit Meister Chang, das ist ganz klar«, stellte Matt fest. »Er sieht komisch aus, und dann diese Geschichte mit dem zerbrochenen Schwert und dem Spazierstock –«

»Du hast recht«, meinte Olivier. »Chang sagt zwar oft Dinge, über die man erst nachdenken muss, bevor man sie versteht, aber das hat echt überhaupt keinen Sinn ergeben!«

»Er muss krank sein«, vermutete Catarina.

»Aber das sieht ihm so gar nicht ähnlich!« Matt schüttelte den Kopf. »Habt ihr gesehen, wie Mr Figgis aussah? Und der Trainer vom Kyoto-Team? Außerdem habe ich noch ein paar andere Lehrer gesehen. Die sahen auch ziemlich ramponiert aus.«

»Und es sind ja nicht nur die Lehrer!«, wandte Ben ein. »Mir geht's nicht gut. Dir auch nicht, Matt, und dir genauso wenig, Catarina. Und du …«, sagte er an Olivier gewandt, »… du isst zwar wie ein Scheunendrescher. Trotzdem – nichts für ungut: taufrisch kommst du mir auch nicht gerade vor.«

»Vielen Dank auch«, sagte Olivier mit einer Miene, als wäre er zutiefst gekränkt. »Aber ich verstehe, was ihr meint«, gab er dann doch zu. »Hier geht irgendwas vor sich.«

»Und was könnte das sein?«, überlegte Catarina. »Ein Virus oder so was?«

»Ein Virus, der nach Kirschblüten riecht?« Matt sah aus dem Fenster auf die blühenden Bäume.

»Wie kommst du denn darauf?«, wollte Olivier wissen.

»Ist euch denn gestern Abend nicht aufgefallen, dass Chang eine ziemlich intensive Duftwolke hinterlassen hat?«

Catarina schnippte mit den Fingern.

»Ja! Ich habe mich schon gefragt, was das für ein Geruch war. Du hast recht … das waren Kirschblüten!«

»Das gefällt mir alles ganz und gar nicht«, meinte Ben nachdenklich. »Ich hab da nämlich neulich mal so etwas in einem wissenschaftlichen Artikel gelesen. Da ging es um eine Chemikalie, die nach irgendetwas Speziellem riecht. Könnten Kirschblüten gewesen sein, aber ich erinnere mich nicht mehr genau.«

»Würdest du das wieder finden?«

»Kein Problem.«

Ben holte seinen Laptop aus dem Rucksack. Er klappte ihn auf, stellte eine WLAN-Verbindung her und suchte dann auf der *Science-Today*-Website nach dem entsprechenden Artikel.

Die anderen drängten sich um ihn und sahen zu, wie er durch die Seiten scrollte.

»Da ist es!« Ben zeigte aufgeregt mit dem Finger auf einen Artikel, in dem es um Äthylen als Narkosemittel ging.

»Hier haben wir's! Aber wartet mal. Da steht, es riecht süßlich. Von Kirschblüten ist nicht die Rede.« Er legte den Laptop aufs Bett.

»Damit stehen wir also wieder ganz am Anfang«, seufzte Olivier.

Matt jedoch nahm den Laptop auf den Schoß und überflog den Text.

»Zu den Symptomen bei Kontakt mit Äthylen zählen *Müdigkeit und Kopfschmerzen.* Das passt doch aber perfekt. Einer der Lehrer unten hielt sich den Kopf.«

»Und Meister Chang hat sich schon gestern Abend immer wieder an den Kopf gefasst!«, erinnerte sich Olivier.

»*Wir* haben auch alle Beschwerden«, ergänzte Matt. »Ich weiß ja nicht, wie es euch geht, aber ich fühle mich immer noch total schläfrig.«

»Ich auch«, sagte Catarina.

Ben nickte und verzog dann das Gesicht.

»Was also willst du damit sagen?«, fragte Olivier. »Dass irgendjemand versucht, uns auszuschalten?«

»Es könnte doch sein, dass jemand Äthylen oder so was in die Luft pumpt«, schlug Ben vor.

»Okay … Nur – seit wann riecht das nach Kirschblüten?«

»Nun, das ist wohl das Rätsel«, meinte Matt. »Und das Lösen von Rätseln –«

»– ist unsere Spezialität!«, beendete Catarina seinen Satz.

»Aber wo fangen an?« Olivier sah fragend in die Runde.

»Ich denke Folgendes«, erklärte Matt. »Die Lehrer scheint

es am schlimmsten getroffen zu haben. Und wo waren die gestern Abend?«

»Unten in der Aula«, antwortete Catarina. »Bei dieser Begrüßungsfeier.«

»Richtig.« Matt grinste. »Also fangen wir genau da an!«

Kapitel 4

Tiger auf den Bäumen

Rasch machten sich die vier auf den Weg zur Aula. Um schneller voranzukommen, benutzten sie die Laufbänder.

Die Flure füllten sich inzwischen mit Schülern, die sich natürlich weiterhin aufgeregt über den bevorstehenden Wettkampf unterhielten. Auch einige Lehrer liefen umher, die allesamt recht unfit wirkten.

Fast alle waren in die Gegenrichtung unterwegs. Das Turnier würde am anderen Ende der Schule – im *Dojo* – stattfinden, wie man in Japan die Arena des asiatischen Kampfsportes nennt.

»He, wo wollt ihr denn hin?«, rief ihnen da jemand zu. »Ihr müsst in die andere Richtung!«

Martina aus dem Kyoto-Team hatte sie entdeckt und sah verwundert zu ihnen hinüber.

»Schon okay«, antwortete Olivier schnell. »Wir müssen nur kurz was für Meister Chang erledigen – wir sehen uns dann drüben im Dojo!«

Bevor Martina noch weitere Fragen stellen konnte, hatten die Laufbänder sie bereits weitergetragen, sodass eine Unterhaltung unmöglich war.

Kurz darauf stiegen Matt und seine Freunde vom Band und gingen den breiten Gang zur Aula hinunter. Es passte gut, dass sich alle schon auf den Weg zum Dojo gemacht hatten. Dadurch waren die vier momentan alleine in diesem Teil des Gebäudes.

Die Aula befand sich ganz unten im Gebäude und bestand aus einem groß angelegten, ovalen Saal mit hohen, gläsernen Doppeltüren. Vor diesen standen sie nun und spähten neugierig hinein.

»Nicht schlecht«, meinte Olivier beeindruckt. »Seht ihr das Bild von einem Fuchs dort drüben? Das ist das Wahrzeichen von Kyoto. Hier gibt es sogar einen Fuchs-Schrein.«

»Tja, und wir haben es offensichtlich mit jemandem zu tun, der so listig ist wie ein Fuchs«, seufzte Matt. »Aber wir haben schließlich Adleraugen und werden aufpassen wie die Luchse. Denken wir also mal scharf nach. Die Frage ist ja wohl vor allem: *Wenn* hier tatsächlich jemand irgendein Betäubungsgas versprüht haben sollte – wie könnte er das denn überhaupt angestellt haben?«

Ben ließ den Blick über die Wände und die Decke außerhalb des Saales wandern.

»Na ja, die werden sicher nicht mit Gasflaschen angerückt sein«, witzelte er. »Sonst hätten sie ja selbst etwas davon abbekommen. Und falls sie das Gas durch die Tür oder die Fenster hineingepumpt hätten, wären sie sicher entdeckt worden. Also, Leute …«, er schien plötzlich eine Eingebung zu haben, »… muss es durch *die Klimaanlage* gekommen sein! Das ist die einzige Möglichkeit.«

Triumphierend zeigte er auf einen Lüftungsschacht dicht unter der Decke. »Sieht aus, als würde direkt der in die Aula hineinführen.«

»Dann sehen wir doch mal nach!«, schlug Catarina vor.

Sie ging zur Wand hinüber, platzierte einen Fuß auf dem Heizkörper und fasste dann nach dem Fensterbrett weiter oben. Nachdem sie sich dort hinaufgezogen hatte, war sie dem Schacht schon ein gutes Stück näher gekommen.

Voller Bewunderung sah Matt, wie sie mit den Fingern in einem winzigen Spalt und mit den Füßen auf kleinen Unebenheiten in der Mauer Halt fand. Auf diese Weise kletterte sie immer weiter nach oben. Ihre Beweglichkeit war wirklich absolut unglaublich.

Matt hatte das Gefühl, einer Eidechse zuzusehen, die eine Glasscheibe hinaufhuscht.

Schließlich erreichte Catarina den Schacht und blickte hinein. »Ja, der führt tatsächlich in die Aula. Und für einen Luftschacht ist er ziemlich breit. Ich würde da vermutlich gerade so hineinkommen …«

Während sie ebenso geschickt wieder hinunterkletterte, wie sie hinaufgelangt war, dachte Ben weiter laut nach:

»… aber wie sind diese Typen dort hinaufgekommen?«, fragend sah er die anderen an. »Schließlich kann nicht jeder so klettern wie Catarina!«

»Man könnte ja locker eine Leiter benutzen«, erwiderte Olivier. »Und wenn ohnehin alle Lehrer in der Aula sind, sieht es ja auch keiner.«

Matt machte sich langsam ernsthafte Sorgen.

»Chang muss eine ganze Menge von dem Zeug eingeatmet haben«, murmelte er. »Was glaubt ihr, wie lange die Wirkung denn *noch* anhält? Eigentlich müsste es ihm doch bald wieder gut gehen, oder?«

»Vielleicht reagiert er ja besonders stark darauf. Aber immerhin läuft er noch herum«, beruhigte ihn Ben. »Das Gleiche gilt für die anderen. Ich vermute, dass sein Körper bald auch die letzten Reste abgebaut hat, und dann wird er sich wieder normal benehmen.«

»Aber wer pumpt denn Betäubungsgas in die Luft?«, wunderte sich Olivier. »Was hat das für einen Sinn?«

»Irgendeine Art Experiment vielleicht?«, schlug Matt vor. »Oder vielleicht war es so was wie ein Probelauf – bloß für was?«

»Manche Leute sind echt krank!« Man sah Catarina an, wie wütend sie allein die Vorstellung machte, dass jemand so etwas tun konnte.

»Und was machen wir jetzt?«, wollte Ben wissen. »Meint ihr, wir sollten es Chang erzählen?«

»Wir haben ja leider keine Beweise«, sagte Olivier. »Wir könnten höchstens zeigen, dass es *theoretisch* möglich wäre, irgendein betäubendes Gas zu versprühen.«

»Ich glaube sowieso nicht, dass Chang momentan fit genug ist, sich mit unserem Verdacht auseinanderzusetzen oder sogar darauf zu reagieren.« Matt kratzte sich nachdenklich am Kopf. »Dieses Problem müssen wir wohl ganz alleine lösen.

Lasst uns mal scharf nachdenken: Wenn ihr in einer Schule an so ein Gas kommen wolltet – wo würdet ihr dann suchen?«

»Im Chemielabor!«, rief Ben.

»Genau.« Catarina grinste zufrieden. »Deshalb sollten wir jetzt rüber zu den Naturwissenschaftsräumen gehen und schauen, ob wir da irgendwelche Hinweise entdecken.«

»Es gibt nur ein Problem«, gab Matt zu bedenken, »das Chemielabor liegt im gleichen Trakt wie das Dojo.« Dank seines fotografischen Gedächtnisses hatte Matt den Grundriss der Schule deutlich vor Augen: Er hing in der Eingangshalle, und gestern bei ihrer Ankunft hatte Matt ihn sich angesehen und automatisch eingeprägt.

»Verstehe.« Catarina wiegte bedenklich den Kopf. »Das heißt, in dem Gebäudetrakt werden jede Menge Leute unterwegs sein, und man wird uns garantiert entdecken!«

Viel Zeit blieb ihnen ohnehin nicht, denn das Turnier sollte um elf beginnen – in genau eineinhalb Stunden.

»Ich hab's!«, rief Matt. »Diese Kirschbäume rings um die Schule – die riechen nicht nur gut, sondern können auch als ideale Tarnung dienen!«

»Wie meinst du das?«, hakte Catarina nach. »Sollen wir uns etwa mit Blütenblättern bekleben und –«

»Red keinen Unsinn, Catarina – natürlich *nicht*«, sagte Matt lachend. »Ich meine nur, wir könnten da doch schnell mal raufklettern. Die Bäume stehen so dicht zusammen, da gelangen wir problemlos von einem zum nächsten.«

»Schön, schön, ein kleiner Baumspaziergang also«, sagte Ben ironisch. »Guter Vorschlag. Weiter so, Matt.«

Doch Matt ignorierte den Kommentar komplett und erklärte geduldig:

»*So* können wir nämlich die Schule umrunden und von außen ins Chemielabor steigen.«

»Super!« Catarina rieb sich die Hände. Solch eine Aktion war genau die Art Herausforderung, die sie liebte. Wenn es ums Klettern ging, war sie in ihrem Element.

»Hm, keine schlechte Idee«, meinte nun auch Ben.

»Stimmt! Aber uns bleibt wirklich nicht besonders viel Zeit«, drängte Olivier, und so krochen sie im nächsten Moment durch ein offenes Fenster hinaus in die Anlagen.

Die frische Luft und der Blütenduft trafen Matt mit voller Wucht. Sein Kopf fühlte sich sofort klarer an. Viel klarer sogar.

»Wo lang, Matt?«

»Hier rüber. Bis zur Ecke und dann hintenherum.«

Schnurstracks ging Catarina auf den nächsten Baum zu und zog sich daran empor, als täte sie den lieben langen Tag nichts anderes. Ein Regen aus Blütenblättern rieselte herab, aber sobald sie zwischen den Zweigen verschwunden war, konnte man sie kaum noch sehen. Ben kletterte als Nächster nach oben, dicht gefolgt von Olivier.

Matt blieb als Letzter übrig. Er zögerte einen Moment und sah am Baumstamm hinauf. Er hatte zwar keine richtige Höhenangst, aber wirklich wohl war es ihm nicht, wenn er weit vom Boden entfernt war. Und diese Unternehmung hier würde mehrere Meter über der Erde stattfinden.

Konzentrier dich, befahl er sich selbst. Schieb den Gedanken, ein Ast könnte brechen oder du könntest fallen, einfach weg. Ignoriere ihn, genau wie du die Schlangen ignoriert hast.

Er atmete tief durch und rief sich das Gefühl in Erinnerung, das er in dem reglosen, friedlichen Steingarten gehabt hatte.

Es half! Matt fühlte sich sofort ein wenig ruhiger und griff entschlossen nach dem ersten Ast.

Es war gar nicht so einfach, von einem Baum zum nächsten zu klettern. Matt wurde von den Blütenblättern in der Nase gekitzelt, und viel sehen konnte er auch nicht. Die Äste der

Kirschbäume waren außerdem recht dünn und bogen sich unter seinem Gewicht. Mehrmals musste er schnell ausweichen, bevor ein Ast unter ihm nachgab.

Schließlich erreichte er eine Stelle, wo die Lücke zwischen den Bäumen größer war als sonst.

Unmöglich – er konnte nicht hinüberfassen.

Also blieb er, wo er war.

Doch das war ja auch keine Lösung, und außerdem spürte er, wie sich der Ast unter ihm ganz bedenklich bog. Wenn er jetzt hinunterfiel, würde das eine ziemlich schmerzhafte Angelegenheit sein.

Was sollte er bloß tun? Sein Magen verkrampfte sich.

»Du schaffst das, Matt!«, rief Catarina ihm zu. Sie war schon drei Bäume weiter. »Spring zum nächsten Baum. Du kannst ihn nicht verfehlen!«

Matt holte tief Luft. Er drückte sich mit den Füßen ab – und sprang.

Zwischen dem Erdboden und ihm war nichts als leere Luft.

Dann prallte er gegen den nächsten Baumstamm, fühlte die raue Rinde unter den Fingern und klammerte sich fest. Erleichtert stieß er den angehaltenen Atem aus. Er hatte es geschafft!

»Danke, Catarina«, rief er mit zittriger Stimme.

»Kein Problem, Kumpel.«

Danach kam Matt recht gut voran. Nach ungefähr zwei Dritteln des Weges sah er, dass Catarina angehalten hatte. Auch Ben und Olivier hielten im Klettern inne.

»Was ist los?«, rief Matt ihnen zu.

»Schau mal, da.«

Catarinas Finger tauchte aus einer rosafarbenen Blütenwolke auf. Matt sah, dass sie sich auf einer Höhe mit einem der Schlafräume befanden. Die Vorhänge waren zur Seite gezogen, und durchs Fenster konnte er Chang erkennen, der auf dem Bett saß und den Kopf in die Hände gestützt hatte.

Neben Meister Chang stand der Rektor der Elite-Akademie, Mr Ito, und redete auf ihn ein. Ganz offensichtlich war er sehr aufgebracht, denn er fuchtelte wild mit den Händen herum, als wollte er Chang von irgendetwas überzeugen.

Matt sah, wie er in Richtung des Dojo zeigte.

Chang hob mühsam den Kopf und antwortete etwas. Mr Ito reagierte nicht sofort. Matt hatte jedoch den Eindruck, Mr Ito würde nicht gefallen, was Chang sagte. Aber er schien nichts dagegen einwenden zu können. Langsam und sichtlich widerwillig nickte er.

Matt platzte schier vor Neugier. Er wünschte wirklich, sie könnten hier draußen hören, über was die beiden redeten!

In diesem Moment drehte sich Chang um und sah aus dem Fenster. Er blickte direkt auf den Baum, in dem Matt versteckt war.

Matt erstarrte. Ob Chang ihn wohl sehen konnte?

Eine ganze Weile geschah gar nichts weiter, und Matt kam es vor wie eine halbe Ewigkeit.

Dann erhob sich Chang vom Bett und ging aus dem Zimmer, gefolgt von Mr Ito.

Matt hegte keinerlei Zweifel, dass hier etwas Ernstes vor sich ging. Chang und Mr Ito wussten offensichtlich, dass es ein Problem in der Akademie gab. Aber es sah andererseits auch nicht so aus, als hätten sie eine zufriedenstellende Lösung gefunden. Zudem war Matt sich auch nicht sicher, ob die beiden wirklich ahnten, in welcher Gefahr Schüler und Lehrer wahrscheinlich schwebten.

Die Tangshan Tiger mussten so schnell wie möglich ins Chemielabor und herausfinden, ob sie mit ihrer Vermutung recht hatten – und das, bevor noch Schlimmeres passierte! Denn wenn es wirklich stimmte, dass irgendwelche Verrückten gestern nur *geübt* und dabei schon die halbe Schule betäubt hatten ..., Matt wurde es eiskalt bei dem Gedanken, ... dann waren diejenigen vermutlich höchst gefährlich.

Sie konnten jederzeit wieder zuschlagen.

»Also ... Ich glaube, wir sollten mal schnellstens weiter.« Catarina, die das Ganze ebenfalls beobachtet hatte, schwang sich hinüber zum nächsten Baum, und sie setzten ihren wagehalsigen Weg mit erhöhter Geschwindigkeit fort.

Bald hatten sie die Rückseite des Gebäudes erreicht, wo sie geschickt zurück auf den Boden kletterten und sich die Blütenblätter von den Kleidern klopften.

Matt drückte die Klinke der nächstbesten Tür herunter. Sie gab nach.

»Das Chemielabor ist im zweiten Stock«, erklärte er. »Auf geht's.«

Sie begegneten niemandem, als sie die Treppe hinaufeilten und schließlich vor einer Tür mit der Aufschrift LABORATORY ankamen – einer Tür, die zum Glück ebenfalls nicht abgeschlossen war. Über dem englischen Wort stand das Gleiche in japanischen Schriftzeichen – zumindest vermutete Matt das. Darunter folgten noch einmal Zeichen in etwa zehn anderen Sprachen. Ganz zuunterst stand in kleinerer Schrift der Name des Naturwissenschaftsvorsitzenden, Mr Burgess, sowohl in Englisch als auch in *Katakana* – der japanischen Schriftform, die für ausländische Namen verwendet wurde.

»Einer von uns sollte Schmiere stehen«, schlug Olivier vor. »Schließlich haben wir hier eigentlich nichts zu suchen, also wollen wir auch nicht erwischt werden – vor allem nicht, nachdem wir schon mal so weit gekommen sind.«

»Gute Idee«, stimmte Matt zu. »Wer bleibt hier?«

»Das machen wir«, sagte Catarina und deutete auf Olivier. »Wir halten Wache. Ben und du, ihr geht rein.«

»Okay«, erwiderte Matt. »Und wenn irgendjemand kommt, dann … äh … dann singt ihr!«

»*Singen*?« Catarina starrte ihn verblüfft an. »Was sollen wir denn singen?«

»Ist doch ganz egal!« Matt wollte endlich in den Raum hineingehen. »Komm, Ben. Los jetzt!«

Das Labor der Naturwissenschaften war sehr groß und natürlich mit dem allermodernsten Hightech-Equipment ausgestattet. Es gab große, blitzblanke glänzende Flächen, und durch die vielen Fenster ringsherum war es schön hell. Das viele Glas hatte allerdings auch einen Nachteil …

»Wir sollten aufpassen«, sagte Matt leise. »Man kann uns von beiden Seiten aus durch die Fenster sehen.«

Also ließen er und Ben sich auf alle viere hinunter und krochen zwischen den Arbeitsbänken hindurch.

»Wo bewahren sie wohl ihre Chemikalien auf?«, überlegte Matt.

»Im Vorratsschrank, nehme ich mal an. In dem da zum Beispiel.« Ben deutete auf einen Schrank mit Stahltüren.

Dieser Schrank befand sich günstigerweise in einer Nische auf der gegenüberliegenden Seite des Zimmers. Dort angekommen, befanden sie sich in einem toten Winkel, wo sie von draußen nicht mehr zu sehen waren. Also konnten sie wieder aufstehen.

Matt drehte am Schrankgriff.

Verschlossen.

Natürlich ist der verschlossen!, dachte er im nächsten Moment. Wer würde schon einen Schrank voller gefährlicher Chemikalien offen stehen lassen. Trotzdem, es war frustrierend. Jetzt waren sie so weit gekommen, und nun ging es einfach nicht mehr weiter. Denn mit bloßer Muskelkraft würden sie diese Stahltüren ganz bestimmt nicht aufbekommen.

Er warf Ben einen enttäuschten Blick zu, doch der stand völlig entspannt da und steckte lässig die Hand in die Hosentasche. Als er sie wieder herauszog, hielt er ein kleines silber-

nes Gerät in der Hand, das ein wenig an eine Wasserpistole erinnerte. Vornedran befand sich eine Art Gummidüse.

»Was ist das?«

»Hat mir mein Onkel geschickt. Der ist Erfinder, musst du wissen. Es ist ein Universalschlüssel. Schau her, er ist mit Wasser gefüllt, siehst du, und da drin befindet sich eine versiegelte Kammer mit Stickstoff. Man steckt einfach das spitze Gummi-Ende ins Schloss und spritzt Wasser hinein. Als Nächstes drückt man auf diesen Knopf da. Dadurch wird das Siegel gebrochen. Der Stickstoff lässt das Wasser sofort gefrieren. Im Schloss nimmt das dann die Form des Schlüssels an – schwupp! –, hat man eine Kopie, einen Eis-Schlüssel! Und das Tolle daran ist: Sobald das Eis geschmolzen ist, bleiben keine Beweise zurück! Nicht schlecht, was?«

»Das ist genial«, staunte Matt. »Lass uns mal schauen, ob es funktioniert.«

»Natürlich funktioniert es!«

Ben schob die Gummispitze ins Schloss und drückte auf den Kopf. Es zischte, als der Stickstoff entwich. Dann drehte Ben den Universalschlüssel, die Stahltür klickte und – sprang auf.

Eifrig beugten sie sich nach vorne, um besser hineinsehen zu können.

Im Innern des Schranks befand sich ein Kühlfach, auf dessen Regalen verschiedene mit Flüssigkeiten gefüllte Flaschen standen. Manche der Flüssigkeiten waren durchsichtig, andere gelb, grün oder violett. Unter jeder Flasche befand sich ein sorgfältig beschriftetes Etikett: *Pottasche, Quecksilber, Schwefelsäure, Natrium, Kupfersulfat …*

An einer Stelle klaffte eine Lücke, so offensichtlich wie ein fehlender Zahn.

Auf dem Schildchen darunter stand *Äthylen* (C_2H_4).

Matt stieß einen leisen Pfiff aus. »Das ist es. Irgendjemand hat also wirklich das Äthylen geklaut!«

»Aber eins verstehe ich immer noch nicht«, wandte Ben ein. »Wenn diese Typen – oder wer auch immer das war – wirklich ein Betäubungsgas durch die Gegend gesprüht haben, dann hätten wir das eigentlich riechen müssen. Klar, in dem Artikel stand, dass es irgendwie süßlich riechen soll … aber doch nicht nach Kirschblüten.«

»Kapier ich auch nicht«, sagte Matt achselzuckend. »Aber wo wir schon mal hier sind – lass uns doch kurz ein bisschen rumschnüffeln, okay? Vielleicht stoßen wir ja noch auf einen anderen Hinweis.« Matt schloss den Chemieschrank, und die Stahltüren verriegelten sich automatisch mit einem Klicken.

Dann richtete er seine Aufmerksamkeit auf den Wandschrank daneben, dessen Türen leicht angelehnt waren. Darin befand sich ein buntes Sammelsurium von verschiedenen Utensilien: Bunsenbrenner, Retortenhalter, Flaschen, Petrischalen …

… *und* eine Flasche, in der sich noch ein Rest rosafarbener Brei befand.

Matt nahm sie heraus, entkorkte den Verschluss und schnüffelte daran. Der Geruch nach Kirschblüten drang ihm in die Nase und brachte ihn beinahe zum Niesen. Er reichte das Gefäß an Ben weiter.

»Hier – riech mal.«

»Da hat jemand Kirschblütenessenz hergestellt!«

»Aber wozu?«

Ben schlug sich mit der Hand an die Stirn.

»Warum bin ich da bloß nicht früher draufgekommen?«, flüsterte er aufgeregt. »Der Kirschduft sollte nur den Geruch des Äthylens überdecken! Da hat jemand beides zusammengemixt, verstehst du? Ein unnatürlich süßer Geruch hätte die Leute vielleicht misstrauisch werden lassen, aber Kirschblüten – um diese Jahreszeit sind hier doch sowieso alle an den Geruch gewöhnt!«

»Hm, das macht Sinn«, sagte Matt nachdenklich. »Auf jeden

Fall ist jetzt bewiesen, dass es eine Insidersache sein muss. Jemand hier aus der Schule hat damit zu tun. Bloß wer?… Einer der Schüler? Oder der Chemielehrer, Mr Burgess?«

»Aber warum sollte der denn Leute betäuben wollen?«

»Was weiß ich. Warum sollte das *überhaupt* irgendjemand wollen?«

Plötzlich ertönte draußen auf dem Flur lautstarker Gesang. Es handelte sich genau genommen um ein ziemlich grauenvolles Geschrei, bei dem zwei verschiedene Lieder gleichzeitig erklangen: Catarina sang etwas, das entfernt an *The Yellow Rose of Texas* erinnerte, während Olivier *Old MacDonald Had a Farm* schmetterte.

Matt und Ben sahen sich an. Einen Moment lang waren sie wie gelähmt.

Dann sahen sie, wie die Klinke nach unten gedrückt wurde.

Jemand kam ins Labor.

Kapitel fünf

Schwierige Entscheidungen

Blitzschnell duckten sich Matt und Ben hinters Lehrerpult und spähten angespannt in Richtung Tür.

Ein Schüler hatte das Labor betreten, und Matt erkannte ihn sofort: Es handelte sich um den Jungen mit den kurz geschorenen blonden Haaren, der am Abend zuvor die beiden Teams so feindselig angestarrt hatte.

Was der hier wohl wollte?

Jetzt ging er direkt auf den Vorratsschrank zu, zog einen Schlüssel hervor und öffnete den Schrank. Dann stellte er eine Flasche in die Lücke auf dem Regal und schloss die Tür wieder.

Es war völlig klar: Er musste die Flasche mit dem Äthylen zurückgebracht haben!, da war sich Matt sicher. Der Junge war schon fast wieder an der Tür angelangt, als er plötzlich innehielt. Die weit offen stehende Tür des Wandschranks hatte seine Aufmerksamkeit geweckt.

Was bin ich doch für ein Idiot!, dachte Matt verärgert. Warum habe ich die Tür nicht noch schnell zugemacht?

Ben und er schauten sich an und schnitten eine Grimasse.

Der Junge sah sich verstohlen um, doch Matt und Ben waren in ihrem Versteck hinterm Pult gut verborgen.

Jetzt nahm der Junge die Flasche mit der Kirschblütenessenz aus dem Regal und trug sie hinüber zum Waschbecken. Dort ließ er Wasser hineinlaufen, schüttelte dann die Flasche kräftig und leerte den Inhalt in den Ausguss. Auf diese Weise spülte er den Behälter mehrmals aus und ließ dabei die ganze Zeit das Wasser laufen, damit auch die letzten Tropfen Essenz fortgeschwemmt wurden. Anschließend drehte er den Hahn zu, stellte die nun leere Flasche an ihren Platz zurück und verließ das Zimmer.

Das darf doch nicht wahr sein!, dachte Matt. Nur wenige Sekunden, nachdem sie ihre Entdeckung gemacht hatten, waren sämtliche Spuren schon wieder vernichtet.

Deprimiert krochen Ben und er hinter dem Pult hervor.

»Jetzt haben wir wieder keine Beweise!«, schimpfte Matt ärgerlich los.

»Wenigstens wissen wir jetzt, wie der Kerl aussieht.« Ben wollte sich offenbar noch nicht ganz geschlagen geben. »Es muss doch wohl irgendeine Möglichkeit geben, diesen Typen dranzukriegen!«

»Da wär ich mal nicht so sicher«, sagte Matt mutlos. »Komm! Wir sollten besser verschwinden und den anderen Bescheid sagen.«

»Wir hatten solche Angst, dass er euch erwischt – aber wir konnten ihn nicht aufhalten«, berichtete Catarina. »Er hat schon angefangen, uns auszufragen ... wollte wissen, was wir hier machen.«

»Und, was habt ihr gesagt?«, fragte Matt.

Olivier grinste. »Ach, ich hab ihm ein kleines Märchen aufgetischt. Wir wären auf der Suche nach Mr Burgess – weil wir nämlich gehört hätten, dass das ein ganz genialer Wissenschaftler sei. Und nun wollten wir ein *Autogramm* von ihm.«

Catarina prustete los.

»Ziemlich miese Lüge, ich weiß«, gab Ben zu. »Aber er hat's geglaubt, der Trottel.«

Matt musste unwillkürlich lächeln. Dann warf er einen Blick auf seine Uhr und blickte erschrocken auf.

»Hört mal, wir dürfen keine Zeit verlieren«, sagte er aufgeregt. »Wir müssen so schnell wie möglich hinter ihm her!«

»Warum, was hat er denn im Labor gemacht?«

Matt und Ben brachten die beiden anderen rasch auf den neusten Stand.

»Ja, das klingt zumindest so, als hätte er das Gas gemischt.« Catarina nickte und machte ein besorgtes Gesicht.

»Und er könnte es wieder tun«, fügte Olivier mit düsterer Miene hinzu.

»Hat er vielleicht schon!«, meinte Ben plötzlich. »Er hat die Flasche eben zurückgestellt, was heißen kann, dass er sie heute Morgen in Gebrauch hatte. Und falls die Aktion von gestern Abend wirklich nur der Probelauf war, dann könnte uns jetzt der richtige Angriff bevorstehen!«

»Aber ich kapiere einfach nicht, wieso«, grübelte Olivier. »Warum tut er so etwas?«

»Tja – vielleicht sollten wir ihn einfach fragen. Aber dazu müssen wir ihn erst einmal finden«, antwortete Matt ungeduldig. »Also los!«

»Stimmt!«

Gemeinsam rannten sie den Gang hinunter. Sie stürmten durch ein Labyrinth aus Gängen mit aufwärts- und abwärtsführenden Treppen. Doch nirgends konnten sie auch nur eine Spur des blonden Jungen entdecken.

Am Fuße einer Treppe stießen sie jedoch auf Miguel, der bereits seinen Kampfsportanzug trug.

»Wo wollt ihr denn hin?«, fragte Miguel erstaunt. »Sieht aus, als habt ihr's eilig – aber wenn ihr zum Turnier wollt, müsst ihr in die andere Richtung! Oder habt ihr euch etwa verlaufen?«

»Nein«, antwortete Matt. »Wir – wir sind auf der Suche nach jemandem.«

»Nach wem denn?«

»Einem großen blonden Jungen. Sehr kurze Haare. Kennst du ihn?«

»Das schon, warum sucht ihr nach ihm?«

»Ähm, nun ja –«, stotterte Matt. Er mochte Miguel, aber er kannte ihn dann doch nicht gut genug, um ihn in ihren Verdacht einzuweihen. Schließlich war der blonde Junge ein Schulkamerad von Miguel, vielleicht sogar ein Freund. Sie durften hier niemanden beschuldigen, solange sie nichts beweisen konnten. »Wir sind auf der Suche nach ihm, weil er …«

»… weil wir ihm seine Uhr wiedergeben wollen«, unterbrach Olivier ihn ganz ruhig. »Wir hatten uns gerade eure

Schule ein bisschen angesehen, da haben wir bemerkt, wie er aus dem Chemielabor kam. Und als wir uns dann das Labor angeschaut haben, lag da seine Uhr auf der Ablage neben dem Waschbecken.«

»Seine Uhr. Genau. Hier ist sie.« Ben zog eine Uhr aus der Tasche wie das Kaninchen aus dem Zauberhut.

Er trug ja immer den einen oder anderen technischen Schnickschnack bei sich. Heute war unter anderem zufällig eine Uhr dabei, welche die Zeit in fünf verschiedenen Zeitzonen anzeigte und außerdem mit einem Kompass und Stoppuhrfunktion ausgestattet war.

Miguel sah sie sich an und pfiff anerkennend. »Kein übles Teil. Ich kann mir gut vorstellen, dass die Andrei Drago gehört. Er ist ziemlich groß und blond, und wenn sie oben im Labor lag, dann könnte das passen. Er steht total auf Naturwissenschaften und ist ständig im Labor.«

»Gut! Das wäre damit ja geklärt«, sagte Matt. »Andrei Drago. Er steht also auf Chemie und so?«, hakte er in möglichst beiläufigem Ton nach.

»Ja, er ist eine Art Überflieger. Sein Vater ist ein berühmter Wissenschaftler – er stammt ursprünglich aus Russland, glaube ich. Und alles, wofür Andrei sich interessiert, sind eben auch Naturwissenschaften. Außer asiatischem Kampfsport natürlich. Seht ihr, dort drüben?«

Miguel führte sie zu einer Vitrine mit Pokalen. Eine silberne Schriftrolle mit der Überschrift *Kyoto-Preis für Naturwissenschaften* trug gleich drei Mal Andrei Dragos Namen. Auf einem anderen Regalbrett befand sich der silberne Pokal, den das Team beim Turnier gegen Tokio gewonnen hatte. Darauf wurden alle Mannschaftsmitglieder einzeln aufgelistet, und auch Andrei Dragos Name war dabei.

»Dann ist er bei euch im Team?«, wollte Catarina wissen.

»War er zumindest mal«, antwortete Miguel. »Und er war auch echt nicht schlecht. Aber dann kam euer alter Kumpel Dani zu uns. Der war besser, also musste Andrei gehen.«

Darüber hatte Matt noch nie nachgedacht. Daheim in Peking konnte sich ein Junge namens Jahmal über Danis Umzug nach Japan freuen: Er rückte von der Reservebank ins Team, um Danis Platz einzunehmen. Aber in Kyoto war Danis Wechsel wohl zumindest für ein Mannschaftsmitglied eine schlechte Nachricht gewesen: für denjenigen nämlich, dessen Stelle Dani nun einnahm.

»Und wie hat er das verkraftet?«, wollte Matt wissen.

»Nun ja, er war ziemlich angesäuert deswegen. Normalerweise ist er eher unauffällig, aber als er erfahren hat, dass er ausgetauscht wird – also, da hat er schon ordentlich Stunk gemacht. Kann man ja auch irgendwie verstehen, würde ich sagen. Jetzt scheint er aber drüber weg zu sein.«

Die Tangshan Tiger sahen sich an. Sie dachten alle vier das Gleiche: Andrei Drago schien alles andere als »drüber weg« zu sein. Außer man betrachtete das Betäuben der gesamten Schule als seine ganz spezielle Art, damit fertig zu werden.

»Danke jedenfalls«, meinte Matt. »Mal sehen, ob wir ihn finden.«

»Aber beeilt euch«, warnte Miguel. »Das Turnier fängt in einer Dreiviertelstunde an – und ihr seid ja noch nicht mal umgezogen!«

»Keine Sorge«, beruhigte ihn Catarina. »Wir werden da sein!«

»Okay. Bis später dann.«

Miguel war schon fast verschwunden. Doch plötzlich drehte er sich noch einmal um.

»Hey – und viel Glück nachher!«, rief er ihnen zu.

»Euch auch!«, rief Matt zurück.

»Und, was meint ihr?«, wollte Catarina wissen. »Sollen wir weitersuchen? Oder den Wettkampf abwarten?«

»Wir haben noch etwa 45 Minuten«, erwiderte Matt. »Also nutzen wir besser diese Zeit, würde ich sagen. Vielleicht können wir ihn ja doch finden. Chang sagt uns zwar immer, dass wir uns konzentrieren und von nichts ablenken lassen sollen. Aber diese Ablenkung hier ist mir dann doch ein bisschen zu gefährlich.«

»Völlig richtig. Also, weiter geht's!«, und schon rannte Ben wieder los. Die anderen folgten ihm, bis sie zu einer Seitentür kamen, die hinaus in die Anlagen führte.

Da tauchte vor ihnen plötzlich Chang Sifu auf.

»Aha«, sagte er leise. »Die Tangshan Tiger. Euer Team macht sich Sorgen um euch. Das Turnier beginnt bald.«

»Wie geht es Ihnen, Sir?«, erkundigte sich Matt. »Fühlen Sie sich –«, er wurde auf einmal knallrot und brach ab.

Matt wusste wirklich nicht, wie er es formulieren sollte. War es unhöflich, Changs seltsames Benehmen zu erwähnen?

»Mir geht es gut«, antwortete Chang. »Bitte macht euch um mich keine Gedanken. Konzentriert euch stattdessen auf das, was ihr zu tun habt.«

»Auf das Turnier«, sagte Catarina.

»Auf das Turnier – und auf was auch immer euch gerade beschäftigt. Aber macht schnell«, drängte nun auch Chang sie zur Eile. »Ihr habt nicht viel Zeit. Ihr müsst schnellstens zurück, ins Dojo.«

Er reichte Catarina ein Blatt Papier. »Hier ist die Mannschaftsaufstellung. Ich muss in einer dringlichen Angelegenheit noch einmal zu Mr Ito, komme aber so bald wie möglich nach. Und jetzt – ab mit euch!«

Matt und die Tiger sahen sich einen Moment verwundert an, sausten dann jedoch zu den Laufbändern, die sie in Richtung der Halle bringen sollten.

Sie waren gerade am anderen Ende angekommen und wollten herunterspringen, als sie jemanden rufen hörten.

»He! Was treibt ihr denn schon wieder?«

Es war Carl Warrick – zusammen mit Abdul, Lola, Max, Jahmal und dem gesamten restlichen Team aus Peking. Sie alle rannten, bereits in ihren Sportanzügen, auf die vier Freunde zu.

»Wir müssen uns auf das Turnier vorbereiten«, meinte Max. »Die anderen warten schon auf uns. Chang hat sich eben auf die Suche nach euch gemacht.«

»Wissen wir«, erwiderte Catarina. »Ich habe hier die Team-Aufstellung.«

»Aber wo seid ihr denn gewesen?«

Carl klang ziemlich sauer. »Der Wettkampf beginnt in einer halben Stunde – da könnt ihr uns doch nicht einfach so hängen lassen!«

»Wir wollten euch nicht hängen lassen –«, setzte Catarina zur Verteidigung an.

Carl war jedoch mal wieder voll in Fahrt und ließ sie gar nicht zu Wort kommen. »Du gibst ja eine tolle Mannschaftskapitänin ab!«, schimpfte er lautstark. »Verduftest einfach direkt vor einem großen Turnier.«

»Carl, als deine Kapitänin sage ich dir jetzt mal was, okay? Halt zur Abwechslung einfach die Klappe.«

Carl öffnete den Mund und schloss ihn dann wieder. Vor Zorn lief er rot an.

Catarina wandte sich an die Tiger. »Sieht aus, als müssten wir los. Kommt schon, wir reden nachher über – über die andere Sache.«

Sie schienen keine Wahl zu haben. Mit einem unguten Gefühl in der Magengrube folgte Matt den anderen den Gang entlang zum Dojo und den Umkleiden.

Catarina wandte sich an ihr Team. »Okay, Leute. Meister Chang wird in wenigen Minuten ebenfalls wieder da sein. Ich habe hier schon einmal die Aufstellung. Also – schaut euch am besten jetzt gleich an, wer heute gegen wen kämpft.«

Sie klemmte das Blatt an die Pinnwand, und alle versammelten sich darum.

Matt sah, dass er gegen Dani antreten musste, und ihm wurde ein bisschen elend zumute. Darauf hätte er jetzt gut und gerne verzichten können.

»Das Wichtigste ist«, fuhr Catarina fort, »dass ihr immer daran denkt: *Wir können dieses Turnier gewinnen, wenn wir das Beste aus uns herausholen.* Und dazu müssen wir unsere Aufmerksamkeit sammeln, wie Meister Chang sagt. Deshalb schlage ich vor, dass wir uns die nächsten Minuten einfach nur konzentrieren, an den Kampf denken und wie wir an ihn herangehen wollen. Alle anderen Gedanken haben in unseren Köpfen so lange nichts zu suchen. Einverstanden? Also schließt alle die Augen und sammelt euch.«

Matt machte die Augen zu. Er verlangsamte seine Atmung. Dabei versuchte er, ganz ruhig zu überlegen, was er tun sollte – und konnte.

Es blieb ihnen nur noch wenig Zeit ... trotzdem, es gab garantiert noch irgendeine Möglichkeit, Andrei Drago zu stellen. Und zwar, bevor der Wettkampf begann! Er musste unbe-

dingt mit den anderen Tigern alleine sprechen. Aber wie sollte er das anstellen? Da kam ihm eine Idee.

Matt ließ noch eine Minute verstreichen, dann stupste er Catarina vorsichtig an.

Sie blinzelte.

Matt machte eine Handbewegung wie mit einem Beil. »Konzentrationszeit vorbei«, raunte er.

»In Ordnung, Leute«, sagte Catarina. »Ihr könnt die Augen jetzt wieder aufmachen.«

»Der Rest des Teams kann sich doch schon mal im Dojo aufwärmen. Wir müssen uns ja sowieso noch umziehen«, schlug Matt vor.

»Gute Idee, Matt«, meinte Catarina. »Geht schon mal raus und macht eure Aufwärmübungen. Wir sind auch gleich bei euch.«

»Aber warum können wir nicht alle gemeinsam da rausgehen?«, beschwerte sich Carl.

»Weil ich es so bestimme«, erwiderte Catarina freundlich, »und du tust, was ich sage.«

Einer nach dem anderen marschierten ihre Teammitglieder aus dem Umkleideraum, bis nur noch die vier Tangshan Tiger übrig blieben.

»So«, seufzte Matt, »dann lasst uns mal nachdenken. Gibt es irgendetwas, das wir in den nächsten fünf Minuten unternehmen können, um Andrei aufzuhalten?«

»Besser wär's!« Ben runzelte die Stirn. »Denn mir ist grade etwas Unschönes klar geworden.«

»Was denn?«

»Andrei ist sauer, weil man ihn aus dem Kyoto-Team geworfen hat. Was glaubt ihr also, wann er seine nächste Aktion starten wird?«

»Während des Turniers?«, schlug Olivier vor.

»Genau! Das wird seine Rache sein. Es ist genauso kinderleicht, das Zeug *hier* in die Klimaanlage zu befördern, wie drüben in der Aula, oder? Und praktischerweise sind da auch gleich alle versammelt.«

In Matts Ohren klang das schrecklich einleuchtend.

Die Umkleidekabinen besaßen hoch oben kleine Fenster, die zum Dojo hinunter zeigten. Er stellte sich auf eine Bank und blickte hinab in die Halle. Sie füllte sich langsam mit Menschen. Rings um die Matte standen Bänke. Auch Chang Sifu war inzwischen da. Er stand bei dem Kyoto-Trainer, Sensei Simon, der gerade mit besorgter Miene auf ihn einsprach. Hnter ihnen saßen Mr Figgis und Mr Ito. Bis jetzt schienen alle relativ gesund und munter zu sein, und es lag auch noch kein verdächtiger Kirschblütenduft in der Luft. Andererseits würde Andrei Drago es sicher so geplant haben, dass die Wirkung erst einsetzte, wenn das Turnier begonnen hatte.

Das war vermutlich wirklich der Grund für die Generalprobe gestern Abend. Andrei hatte das Betäubungsgas versuchsweise in die Aula strömen lassen, damit er das Timing genau kalkulieren konnte.

Matt sah hinauf zum Lüftungsschacht: ein relativ großes silbernes Gitter dicht unter der Decke. Es befand sich ziemlich weit oben, aber –

»Einverstanden, ich helf dir«, sagte Catarina leise, die seinem Blick gefolgt war.

»Du hilfst mir bei *was*?«

»Na, zum Lüftungsschacht hochzuklettern und dann dieses Dings entlangzukriechen. Wie nennt man das? Dieses komische Tunnelding?«

»Das Rohrsystem der Kühlanlage«, antwortete Ben wie aus der Pistole geschossen.

»Wenn Ben und Olivier uns eine Räuberleiter machen, dann kriechen wir da oben rein und so lange weiter, bis wir das Äthylen finden.« Catarina sagte das ganz locker, als wäre es überhaupt keine große Sache. Aber sie würden sich unglaublich beeilen müssen, das war Matt klar. Und die Chancen standen schlecht, dass sie rechtzeitig zum Turnierbeginn zurück wären. Wenn sie es nicht schafften, würden sie *alle vier* automatisch ihre Kämpfe verlieren. Und dass ihr Team trotz eines solchen Rückstands dann noch gewann, war kaum zu erwarten.

Das hieß, ihre Mannschaft würde vermutlich verlieren – und die Tangshan Tiger wären schuld daran.

Diese Vorstellung war schon ziemlich übel, und Matt wollte sich lieber gar nicht erst ausmalen, wie die anderen Mannschaftsmitglieder reagieren würden. Dennoch – manche Dinge waren wichtiger, als ein Kampfsportturnier zu gewinnen.

Wie zum Beispiel zu verhindern, dass eine Halle voller Leute von einer unsichtbaren Äthylengaswolke betäubt wurde.

Während Matt noch vor sich hin grübelte, schmiedeten die übrigen Tiger schon sehr handfeste Pläne.

»Wie kriegen wir dieses Gitter ab?«, wollte Olivier eben wissen.

»Damit.« Ben kramte wieder in den Taschen seiner Jacke herum und brachte einen elektrischen Schraubenzieher zum Vorschein.

Catarina schnappte sich das Gerät, steckte es in ihre Jackentasche und kletterte im nächsten Moment behände auf Oliviers Schultern. Während sie geschickt die Balance hielt, löste sie die Schrauben des Metallgitters.

Das kleine Werkzeug machte erstaunlich viel Lärm, fand Matt: Es gab ein lautes, summendes Geräusch von sich. Bald fiel jedoch die erste Schraube herunter. Dann die zweite und die dritte.

Jetzt hing das Gitter nur noch an dieser einen Schraube und drehte sich am letzten Angelpunkt.

Als Catarina auch diese Schraube gelöst hatte, fiel das Gitter nach unten, wo Ben es mit einer lässigen Handbewegung auffing.

Nun zog sich Catarina nach oben und kroch in das schwarze, viereckige Loch. Bevor sie ganz verschwand, drehte sie sich um und nickte Matt zu. Im nächsten Moment waren nur noch ihre Füße zu sehen.

Damit war Matt an der Reihe.

Er liebte es immer noch nicht, aber so langsam gewöhnte er sich an diese Kletterei.

Er kraxelte auf Bens Schultern und zog sich dann nach Catarinas Vorbild hinauf in den Schacht.

Der Tunnel war dunkel, hatte einen Boden und Wände aus Metall – und das Ganze war nicht viel breiter als Matts Schultern, wie er jetzt mit einigem Unbehagen bemerkte.

Dass es fast stockduster war, machte die Sache auch nicht unbedingt angenehmer. Lediglich ein paar Schlitze in der Wand ließen ab und zu einige wenige Lichtstrahlen herein. Schemenhaft konnte er Catarina vor sich erkennen.

Da kam ihm noch ein Gedanke.

Er drehte den Kopf und rief über die Schulter zu Ben und Olivier hinunter:

»He, ihr zwei. Geht besser mal raus ins Dojo und nehmt am Turnier teil. Dann fehlen wenigstens nur wir zwei. Mit euch beiden haben wir vielleicht immer noch eine Chance zu gewinnen.«

»In Ordnung«, rief Ben zurück. »Ich lass euch ja ungern hier allein ... aber ich glaube, du hast recht.«

»Stimmt! Also – viel Glück!«, hörte er Olivier rufen.

»Euch auch.« Matt hoffte inbrünstig, dass ihr Team auf diese Weise doch noch den Wettkampf gewinnen konnte.

Trotzdem ... er fühlte sich fürchterlich schuldig, weil er nicht mit auf der Matte stand. Aber er hatte keine Wahl. Es war nun einmal wichtiger, unschuldige Menschen vor scheußlichen Kopfschmerzen und vielleicht sogar noch schlimmeren Dingen zu bewahren.

Hoffentlich schafften er und Catarina das auch – und zwar rechtzeitig!

»Bist du so weit?«, hörte er Catarinas Stimme vor sich in der Dunkelheit.

»Ja«, antwortete Matt mit entschlossener Stimme. »Auf geht's!«

Kapitel sechs
Die Uhr tickt

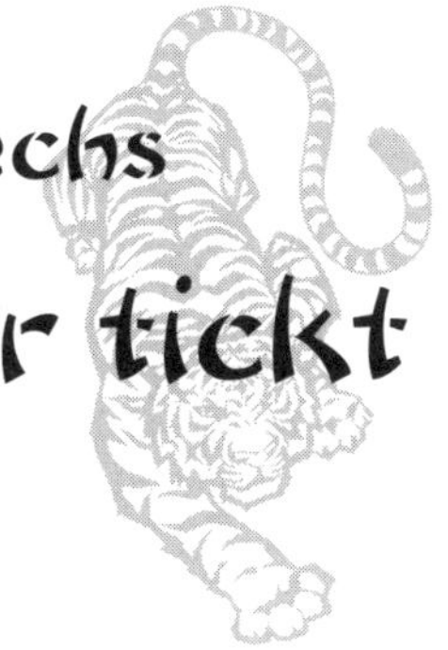

In der Ferne konnte Matt das elektrische Summen der Klimaanlage hören. Der eiskalte Luftzug traf ihn von vorn, und er fröstelte.

Er kroch immer weiter, aber so langsam machten ihm die Dunkelheit und Enge des Schachtes doch zu schaffen. Inzwischen war es so eng, dass er sich auf keinen Fall hätte umdrehen können.

Es war einfach nicht genug Platz.

Und das hieß zugleich: Sie würden rückwärtskriechen müssen, um wieder herauszukommen.

Wie weit es wohl noch war?, fragte er sich und wurde immer nervöser. Bis jetzt wussten sie noch nicht einmal mit Sicherheit, *ob* es überhaupt etwas zu finden gab.

Und wie würde die Quelle mit dem Gas überhaupt aussehen? Würde sie ihnen auffallen, oder würden sie die Stelle gar nicht bemerken und daran vorbeikriechen …

… falls sie nicht sowieso beide schon lange vorher ohnmächtig würden …?

Plötzlich kam ihm ein neuer, aber ebenso erschreckender Gedanke:

Was, wenn es hier oben Ratten gab? Angst packte ihn, als er sich vorstellte, hier in diesem Tunnel von bösartigen kleinen Nagern mit spitzen Zähnen angefallen zu werden.

Einen Moment lang stockte ihm vor Entsetzen der Atem.

»Alles in Ordnung bei dir, Catarina?«, rief er leise, um sich abzulenken.

»Passt schon«, erklang ihre Stimme aus der Dunkelheit vor ihm. »Besonders toll find ich's aber auch nicht gerade. Mir gefallen die Kälte und Dunkelheit nicht.«

»Wir müssen uns ganz auf die Sache konzentrieren.«

Matt fielen wieder Changs Trainingsstunden und seine gelassene Stimme ein. Das übte auch jetzt eine ungeheuer beruhigende Wirkung auf ihn aus.

Catarina schien es ähnlich zu gehen.

»Du hast recht. Aufmerksamkeit ist alles.« Matt glaubte, Erleichterung in ihrer Stimme zu hören.

Du musst aufmerksam sein. Fokussiere. Beobachte genau – so, wie ein Adler.

Fast hatte er das Gefühl, Changs ruhige, klare Stimme neben sich zu vernehmen. *Wie ein Adler* – das bedeutete, sich auf die Aufgabe zu konzentrieren und darüber hinaus an nichts zu denken.

Matts Puls beruhigte sich. Wieder tauchte vor seinem inneren Auge das Bild des reglosen, stillen Gartens des *Toji-Tempels* auf, und er hielt sich daran fest.

Da ertönte knisternd eine Stimme: eine Lautsprecherdurchsage in der Halle unter ihnen.

Matt hielt inne und lauschte. Durch das Dröhnen der Klimaanlage hindurch konnte er die Worte gerade noch so verstehen.

»Achtung: Die beiden Mitglieder der Kampfsporttruppe der Akademie Peking, die sich noch nicht eingefunden haben, mögen sich bitte sofort im Dojo einfinden. Ihnen bleiben noch fünf Minuten, bis der Wettkampf beginnt. Wenn nicht das komplette Team anwesend ist, verzichtet das Institut Peking damit auf den Sieg. Ich wiederhole: Ihnen bleiben fünf Minuten, oder Peking verliert dieses Turnier.«

Damit blieb ihrem Team keinerlei Chance mehr, noch zu gewinnen. Niedergeschlagen bewegte sich Matt weiter vorwärts. Sie hatten automatisch verloren, falls er und Catarina

es nicht rechtzeitig zurück in die Halle schafften. Was war das denn auch für eine Regelung? Eine ziemlich ätzende, fand er. Würden die anderen im Team ihnen das sehr übel nehmen? Wahrscheinlich schon, aber was hatten sie denn für eine Wahl?

Aber er musste damit aufhören. Seine Gedanken drehten sich doch nur im Kreis.

Überhaupt – es fiel ihm irgendwie immer schwerer, sich zu konzentrieren …

Er stutzte.

Hieß das vielleicht, dass sie sich der gesuchten Stelle näherten? Vielleicht machte sich ja die Wirkung des Gases allmählich bemerkbar?

Das Brummen der Anlage wurde nun lauter. Inzwischen füllte es den gesamten Tunnel – und tatsächlich: Endlich erschnupperte Matt den unverkennbaren Hauch von Kirschblüten.

Catarina sagte nur zwei Worte:

»Luft anhalten!«

Dann sprach sie nicht mehr.

Matt holte tief Luft und schloss den Mund. Ihm war bewusst, dass er schon jetzt viel zu viel von dem Gas einatmete.

Und – von nun an würde es mit jedem Meter, den sie sich näherten, nur noch schlimmer werden.

Diese Vorstellung war beklemmend, aber er zwang sich dazu, weiterzukriechen, und konzentrierte sich dabei ausschließlich auf die Bewegungen seines Körpers.

Vor ihm hielt Catarina plötzlich an. Matt schloss zu ihr auf.

Der Tunnel war in eine Art Kreuzung gemündet, von der weitere Rohre in verschiedene Richtungen abzweigten. In der Mitte befand sich das Herzstück der Klimaanlage: ein schwarzer Kasten, in dessen Innern ein Motor brummte. Die Seiten bestanden aus Metallgittern.

An einem dieser Gitter klebte ein großes helles Stück Baumwolltuch, das in der Dunkelheit schimmerte.

Matt kannte diese Tücher: Es war jene Art von Mullbinde, die zum Abdecken und Verbinden von Wunden verwendet wird.

Matt und Catarina wechselten einen vielsagenden Blick. Das musste es sein!

Matt streckte die Hand aus und berührte den Stoff. Er war nass. Andrei musste ihn mit der Äthylen-Lösung getränkt haben. Und wenn nun die Luft hindurchblies, verdampfte die

Lösung zu Gas, das in die Lüftungsschächte gepumpt wurde. Ganz schön clever, das musste Matt zugeben.

Sie hatten keine Zeit zu verlieren. Lange würde Matt den Atem nicht mehr anhalten können, und wenn er hier Luft holte, so dicht an der Äthylen-Quelle, würde er ohnmächtig werden und das Gift immer weiter einatmen ...

Er packte das Tuch an einer Ecke und zog.

Nach kurzem Widerstand löste sich mit einem Ratsch das Klebeband, mit dem der Stoff befestigt war. Matt knüllte das Tuch zusammen und stopfte es in die Tasche seines Kampfsportanzuges.

Catarina hielt die Daumen hoch und zeigte auf den Weg, den sie gekommen waren.

Zum Glück war hier, an diesem Knotenpunkt, genug Platz zum Wenden. Catarina kroch wieder auf allen vieren davon. Matt folgte ihr, so schnell er konnte, während der Druck und Schmerz in seinen Lungen immer schlimmer wurden.

Vorsichtig begann er auszuatmen, und zwar ganz, ganz langsam. Was er wirklich brauchte, war frische Luft. Das Ausatmen der verbrauchten Luft brachte ihm wenigstens ein bisschen Linderung. Aber seine Brust schmerzte, und der Tunnel schien ihm auf einmal endlos lang.

Das sind wirklich tolle Alternativen, dachte Matt: entweder an Atemnot ersticken oder einatmen und bewusstlos werden!

Konzentrier dich!, befahl er sich selbst. Kriech weiter, atme langsam aus, atme nicht ein …

Gerade als er dachte, seine Lungen würden gleich platzen, sah er, wie Catarina aus dem Loch kletterte, durch das sie in den Schacht gelangt waren.

Als nur noch ihr Kopf und ihre Schultern sichtbar waren, rief sie:

»Wirf es mir zu!«

Matt zog das feuchte Stoffknäuel aus seiner Jacke und schleuderte es in ihre Richtung. Sie fing es auf und ließ es nach unten in den Umkleideraum fallen.

Matt öffnete den Mund und sog gierig die frische, kühle Luft ein. Es fühlte sich phantastisch an – als ob er gerade vor dem Ertrinken gerettet worden sei.

Direkt vor der Schachtöffnung wurde der Tunnel wieder breiter. Matt drehte sich an der Öffnung und ließ die Beine hinunterbaumeln. Catarina packte ihn an den Oberschenkeln, um ihm zu helfen.

Wackelig landete Matt auf den Füßen, doch er fand schnell sein Gleichgewicht wieder.

»Danke, Catarina.«

Er fragte sich, ob er wohl genauso aussah wie sie: verstrubbelt, mit rotem Gesicht und völlig erschöpft.

Die Lautsprecher erwachten wieder knisternd zum Leben.

»Dies ist der letzte Aufruf für das Team aus Peking. Wenn sich die gesamte Mannschaft nicht innerhalb der nächsten Minute in der Halle versammelt, ist der Wettkampf somit verloren. Ich wiederhole: Der Wettkampf ist für Peking verloren, wenn sich die fehlenden Teammitglieder nicht in der nächsten Minute einfinden.«

Matt schnappte sich das feuchte Tuch und schleuderte es in einen Spind.

Da sollte es bis nach dem Turnier auf jeden Fall sicher sein. Schließlich stellte es ihr zentrales Beweisstück dar: Es belegte eindeutig, dass jemand versucht hatte, den Wettkampf zu sabotieren.

»Okay«, schnaufte er. »Ab ins Dojo!«

Sie rannten aus den Umkleidekabinen, den Gang entlang, der zur Treppe in die Halle führte.

Doch Catarina gab sich gar nicht erst mit der Treppe ab. Sie schwang ein Bein übers Geländer und rutschte es in seiner gesamten Länge hinunter.

Gute Taktik!, dachte Matt und machte es ihr nach.

So schossen sie genau in dem Moment in die Halle, als der Zeiger der großen Wanduhr zur vollen Stunde wechselte.

Kapitel sieben

Das Turnier

Die Menge johlte. Und noch mehr jubelte ihr Team. Alle – außer Carl natürlich, der Matt und Catarina grimmig entgegenblickte.

»Wir wussten, dass ihr es schafft!«, rief Ben, wirkte aber doch recht besorgt.

Er sah Matt fragend an.

Der signalisierte seinem Freund unauffällig, dass alles in Ordnung war.

Bens und auch Oliviers Miene entspannte sich daraufhin sichtlich.

Matt blickte zur der anderen Seite der Halle, wo Mr Figgis begeistert klatschte. Neben ihm saß Chang und nickte fast unmerklich, als hätte er überhaupt nichts anderes erwartet. Dann drehte er sich zu Mr Ito um und sagte etwas zu ihm.

Nur Carl blickte die Neuankömmlinge immer noch ärgerlich an und murmelte finster:

»Wenn wir wegen euch beiden den Wettkampf verloren hätten …«, er schwieg bedeutungsvoll, offenbar auf der Suche nach einer möglichst einschüchternden Drohung. »Das … das hätte euch noch sehr leidgetan. So viel kann ich euch versichern!«

Wütend starrte er Matt und Catarina an.

»Es *ist* aber nicht passiert, also brauchen wir auch gar nicht darüber nachzudenken«, schaltete sich Catarina ein, mit gleichmütiger Miene, aber einem warnenden Unterton in der Stimme.

Stille senkte sich herab, als Sensei Simon aufstand und sich zum Mikrofon am Richtertisch begab.

»Wir freuen uns sehr, dass unsere Gäste es noch rechtzeitig zum Wettkampf geschafft haben. Einen Moment lang haben wir uns fast Sorgen gemacht!

Meine Damen und Herren, das Turnier besteht aus elf Kämpfen. Das Team, das als Erstes *sechs* Kämpfe gewonnen hat, geht als Sieger hervor.

Wie Sie wissen, ist dies ein gemischtes Turnier, in dem verschiedene Kampfstile erlaubt sind – Karate, Judo, Kung-Fu, Taekwondo, Capoeira, Jiu-Jitsu –, doch die Punktewertung ist simpel:

Ein Schlag, der trifft, gibt einen Punkt – gleichgültig, ob mit der Hand oder dem Fuß. Nur anerkannte Techniken innerhalb einer asiatischen Kampfsportart werden gezählt. Unzulässige oder zufällige Treffer ergeben keine Punkte. Es darf nicht auf den Kopf gezielt werden. Wer den Gegner zu Fall bringt, bekommt einen Punkt. Das gilt ebenso für jeden Griff, der zehn Sekunden lang gehalten wird.

Wer als Erster drei von fünf Punkten erreicht hat, gewinnt. Die Entscheidung der Richter ist endgültig.«

Er zeigte auf die drei Richter, zwei Männer und eine Frau, die neben ihm saßen. »Das Erzielen eines Punktes wird folgendermaßen angezeigt …«

Einer der Richter drückte einen Knopf auf dem Tisch. Ein Hupen ertönte, und die elektronische Anzeigetafel an der Wand wechselte auf 1 : 0. Dann stellte der Richter die Anzeige wieder auf 0 : 0 zurück.

»Der erste Kampf«, fuhr Sensei Simon fort, »wird zwischen Dani Valerio aus Kyoto und Matt James aus Peking ausgetragen.« Er nickte Dani zu und setzte sich wieder.

Matt stand auf. Er war immer noch außer Atem, völlig erschöpft, und sein Kopf schmerzte heftig. Wahrscheinlich hatte er doch mehr von dem Gas eingeatmet, als er dachte.

Er würde sich also mehr als je zuvor zusammenreißen müssen. Er musste scharf beobachten wie ein Adler, der wachsam in hunderten von Metern Höhe dahingleitet und alles um sich herum ignoriert, außer seiner Beute unten auf dem Boden … jederzeit bereit, blitzschnell zu reagieren.

Langsam schritt er zur Matte. Er wünschte wirklich, nicht ausgerechnet gegen Dani antreten zu müssen. Er mochte seinen früheren Teamkameraden und war sich nicht sicher, ob er mit voller Kraft und Entschiedenheit würde kämpfen können. Es wäre viel leichter, gegen einen Fremden zu kämpfen. Aber er hatte nun mal keine Wahl. Er würde vergessen müssen, dass es sich um Dani handelte, und so tun, als wäre der ein Fremder.

Dani näherte sich ihm von der anderen Seite. Sie standen sich gegenüber. Dani lächelte vorsichtig, und Matt tat sein Bestes, das Lächeln zu erwidern.

Sie verbeugten sich.

Als sie sich wieder aufrichteten, war Danis Lächeln verschwunden. Seine Miene spiegelte Entschlossenheit wider. Die Botschaft war klar: Sie waren Freunde, aber sobald der Kampf begann, war alle Freundschaft vergessen. Dani würde vollen Einsatz bringen, um zu gewinnen.

Genau wie ich, dachte Matt.

Aber war er heute wirklich in der Lage zu zeigen, was er draufhatte? Er war müde, hatte Kopfschmerzen, und ihm war leicht schwindelig. Das Äthylen, das er eingeatmet hatte, musste Auswirkungen auf seinen Gleichgewichtssinn haben.

Sensei Simon hob den Arm und senkte ihn dann mit einer schnellen Bewegung. Es war das Signal für den Beginn des Kampfes.

Matt ging sofort in Verteidigungshaltung, indem er sich seitlich zu Dani stellte und die Hände erhob, um jederzeit abblocken zu können. Wahrscheinlich war es am besten, wenn er sich langsam ins Spiel brachte, statt gleich zum Angriff überzugehen.

Dani nahm dies als Einladung an, einen hohen Kick in Richtung Matt auszuführen, den dieser gerade eben noch mit beiden Händen abblocken konnte – aber Dani setzte sogleich mit einem zweiten Kick hinterher, der Matts Abwehr durchbrach und ihn satt in die Rippen traf.

Die Hupe ertönte. Die Kyoto-Fans jubelten.

1 : 0 für Dani. Einen schrecklichen Augenblick lang dachte Matt, er müsste sich übergeben. Mühsam beherrschte er sich, indem er tief durchatmete.

Sensei Simon gab ihnen das Zeichen fortzufahren.

Dani griff ihn schon wieder an.

Es war ein völlig einseitiger Kampf.

Matt konnte sich bloß verteidigen – so gut er es trotz seiner Erschöpfung eben vermochte. Doch dabei verlor er ständig an Boden. Er wusste, er sollte endlich zum Gegenangriff übergehen und einige Handkantenschläge oder Kicks landen – jene Art von dynamischen Bewegungen, die er als Taekwondo-Kämpfer besonders gut beherrschte –, aber sein Körper schien dazu einfach nicht in der Lage zu sein.

Er versuchte einen Seitwärts-Kick, aber der war nicht exakt genug ausgeführt. So konnte Dani ihm völig problemlos ausweichen.

Schlimmer noch: Matt hatte sich damit eine Blöße gegeben. Prompt landete Dani einen Karateschlag gegen seine Schulter, der ihn ins Wanken brachte.

Die Hupe ertönte erneut. Noch mehr Jubel.

2 : 0 für Dani.

»Komm schon, Matt – konzentrier dich!«, rief Catarina.

Ja, das war es.

Konzentration. Er musste alles aus seinen Gedanken verbannen, was nichts mit dem Kampf zu tun hatte. Er musste vergessen, wie er sich fühlte. Das Schwindelgefühl vergessen. Die Kopfschmerzen vergessen.

Konzentration.

Matt spürte, wie sich etwas in ihm veränderte. Das Bild des stillen Zen-Gartens tauchte wieder vor seinem inneren Auge auf. Sofort fühlt er sich gelassener. Selbstbewusster.

Und auf einmal auch stärker.

Matt behielt zwar nach wie vor seine Abwehrhaltung bei, aber sie fühlte sich jetzt anders an. Er war nun fest entschlossen, die Angriffe nicht mehr einfach hinzunehmen. Es würde sich wieder eine Gelegenheit zum Gegenangriff bieten – und die würde er nicht verpassen. Dieser Gegenangriff, der würde sitzen!

Dani näherte sich ihm mit einem Trommelwirbel niedriger Kicks, mit denen er Matt zum Straucheln bringen wollte.

Matt wehrte mit den Füßen ab, und als Dani es dann mit einem Faustst0ß probierte, packte Matt Danis ausgestreckten Arm und drehte seinen eigenen Körper so, dass Dani sich mitdrehen musste. Nun hatte Matt ihn Armgriff. Das war kein klassischer Taekwondo-Griff, sondern dem Jiu-Jitsu entliehen, und traf Dani völlig überraschend. Er wehrte sich und versuchte, selbst einen Treffer zu landen, aber Matt hielt ihn fest gepackt. In Gedanken zählte er bis zehn, dann hörte er endlich den willkommenen Hupton.

2 : 1.

Das Team aus Peking jubelte wie wild.

»Yeah! Auf geht's, Matt!«, brüllte Catarina.

Es war, als hätte sich eine Sprungfeder in ihm gelöst. Die ganze Trägheit war verschwunden.

Matt sprang auf Dani zu. Die beiden wechselten eine schnelle Abfolge von Schlägen, doch Matt war im Vorteil. Ein Handkantenschlag traf Dani in der Taille und ließ ihn nach hinten stolpern. Die Hupe ertönte erneut.

2 : 2.

Matt schoss nach vorn wie ein Windhund, den man zu Beginn eines Rennens aus seiner Box lässt. Er tat so, als wollte er mit gestrecktem Arm boxen, und zwang Dani damit zum Abblocken. Sofort setzte er jedoch mit einem atemberaubenden Vorwärts-Kick nach – dem besten Kick seines Lebens! –, der Danis Brustbein traf und ihn glatt nach hinten umwarf.

Die Hupe erklang, das Pekinger Team drehte fast durch vor Begeisterung, und die Anzeigentafel sprang auf den wunderbaren Stand von 2 : 3!

Dani rappelte sich auf.

Sie verneigten sich voreinander.

Matt fühlte sich völlig zerschlagen, aber wunderbar.

Dani lächelte, wenn auch ein wenig wehmütig.

»Gut gemacht, Matt. Du warst zu gut für mich – heute.«

»Du warst auch klasse. Es war ein toller Kampf! Du hast mich ganz schön hart für den Sieg arbeiten lassen!«

Matt ging zurück zu seinem Team, das ihn mit Jubelrufen und Klatschen begrüßte.

»Das war genial, Matt!«

»Gut gemacht!«

»Weiter so!«

»Phantastisch, Matt!« Catarina klopfte ihm anerkennend auf die Schulter. »Du hast super gekämpft.«

»Danke.« Matt stellte erstaunt fest, dass er zitterte.

Stephane war als Nächster dran, und zwar gegen einen Spezialisten des traditionellen *Hung-Gar*-Kung-Fu. Es war ein seltsames Aufeinandertreffen von Kampfstilen:

Stephane versuchte ständig, dicht genug an seinen Gegner heranzukommen, um ihn auf die Matte werfen zu können. Währenddessen war der andere darauf aus, Stephane auf Armlänge von sich wegzuhalten, damit er ihn mit Schlägen und Kicks treffen konnte.

Matt feuerte seinen Mannschaftskameraden lautstark an. Stephane kämpfte verbissen und erzielte auch einen Punkt, indem er seinen Gegner mit einem klassischen *Ippon-Seonage*-Wurf auf die Matte beförderte. Doch ansonsten war der Junge aus Kyoto zu schnell und seine Reichweite zu groß, als dass Stephane locker damit hätte umgehen können. Viel zu schnell bekam er seine drei Schläge ab.

Dieser Kampf ging an Kyoto.

Damit stand es 1 : 1.

»Das war Pech, Stephane«, meinte Matt mitfühlend.

»Man kann nicht immer gewinnen«, erwiderte Stephane, aber Matt konnte sehen, dass er nur mühsam seine Enttäuschung verbarg.

Auch in den nächsten beiden Kämpfen stand es für ihr Team nicht viel besser. Claire verlor knapp mit 3 : 2, und auch Lola erzielte denselben Punktestand.

Damit sah die Bilanz bislang so aus:

Elite-Akademie Kyoto – drei Punkte,

Internationale Akademie Peking – ein Punkt.

Die Kyoto-Fans jubelten jetzt lautstark, denn sie waren sich ihres Sieges gewiss. Noch drei weitere Siege, und sie wären die Champions.

Chang Sifu sah hinüber zu seinem Team. Er neigte ganz leicht den Kopf zur Seite. Sein Blick schien zu sagen:

Gebt nicht auf. Ihr könnt das schaffen.

Nun war Catarina an der Reihe. Matt berührte sie am Arm.

»Bist du bereit?« Sie wirkte immer noch müde – was nach dieser Tortur im Lüftungsschacht ja auch wirklich kein Wunder war.

»Klar doch«, erwiderte sie. »Mir geht's gut.«

»Umso besser. Also – zeig's ihnen, Catarina!«

»Worauf du dich verlassen kannst!«, erwiderte sie mit entschlossener Miene.

Matt lächelte. Immerhin hatte sie keinen so direkten Kontakt mit der Äthylen-getränkten Mullbinde gehabt wie er selbst. Und ihr war mehr Zeit geblieben, sich zu erholen. Viel würde wohl davon abhängen, was die andere Kämpferin draufhatte.

Catarinas Gegnerin war eine kleine, sehr kompakte Chinesin, die sich überraschend flink bewegte.

Es war seltsam, mit anzusehen, wie sie der groß gewachsenen, schlanken Catarina auf der Matte gegenüberstand – als würde man zusehen, wie ein Storch sich mit einer Bulldogge anlegte.

Auch Catarina begann in Abwehrhaltung und versuchte, sich nicht in Schwierigkeiten bringen zu lassen, doch es funktionierte nicht.

Das Mädchen aus Kyoto war ein Judo-Ass, aber sie wandte gleichzeitig auch ein paar Jiu-Jitsu-Techniken an. So packte sie Catarina in einem Nackengriff, den sie zehn Sekunden lang nicht lockerte. Damit hatte sie schon den ersten Punkt erzielt.

Kurz darauf gelang es ihr, nah an Catarina heranzukommen, und sie warf die Brasilianerin mit einem *O-Goshi*, einem Großen Hüftwurf, auf die Matte.

Das jedoch schien Catarina aus ihrem gelähmten Zustand aufzuwecken.

Matt wusste genau, wie sie sich fühlte. Erst als er einer möglichen Niederlage ins Gesicht sehen musste, hatte auch er sich richtig konzentriert. Ab dem Moment hatte er alles gegeben, was er auf dem Kasten hatte. Er hatte auf seine eigene Art gekämpft, in seinem Stil. Dasselbe passierte nun mit Catarina: Sie kämpfte im Capoeira-Stil.

Sie tänzelte, drehte sich, wirbelte herum und verteilte dabei völlig unerwartete Schläge und hohe Kicks aus den unmöglichsten Positionen heraus. Es war definitiv ein wunderbares Schauspiel, und es riss das Team aus Peking von seinen Sitzen. Begeistert feuerten sie Catarina an.

»Weiter so, Catarina!«

»Ja!«

»Du schaffst das, Catarina.«

Und tatsächlich: Die gegnerische Kämpferin war einem solchen Angriffswirbel nicht gewachsen. Als die Hupe zum fünften und letzten Mal ertönte, hatte Catarina mit 3:2 gewonnen.

Von da an schien es für das Pekinger Team wieder bestens zu laufen.

Olivier war als Nächster dran und gewann seine Runde mit fast spielerischer Leichtigkeit, indem er drei Punkte hintereinander erzielte.

Max hatte es da schon etwas schwerer, doch er bot seinem sehr starken Gegner – einem Karatekämpfer – tapfer Paroli: 3:2 für Max.

Nun stand es insgesamt 4:3 für Peking.

Doch nicht für lange.

Der nächste Kämpfer im Peking-Team war Abdul. Er musste einem koreanischen Taekwondo-Spezialisten gegenübertreten, und der Koreaner gewann 3:1.

Die Gesamtwertung betrug damit 4 : 4.

Dann war Ben an der Reihe.

»Auf geht's, Ben!«, rief Matt. »Dieser Kampf gehört dir!«

Das ganze Team war wie elektrisiert. Alle, selbst Carl, feuerten Ben lautstark an.

»Mach ihn platt, Ben!«, brüllte Carl. »Lass uns bloß nicht hängen!«

Bens Gegner war ein Judo-Experte wie er selbst. Sie waren sich ebenbürtig und rangen eine ganze Zeit lang miteinander, wobei sie sich gegenseitig an den Jacken packten, um den anderen aus dem Gleichgewicht zu bringen. Trotzdem gelang es weder dem einen noch dem anderen, den Gegner zu Fall zu bringen.

Schließlich schaffte es Ben jedoch, den Jungen hochzuheben und auf die Matte zu legen.

Als der Kampf fortgesetzt wurde, überraschte Ben seinen Gegner mit einem karateähnlichen Kick, der ihn an der Hüfte traf – und Ben einen zweiten Punkt einbrachte.

Wie gut, dachte Matt, dass Chang stets mit ihnen nicht nur den eigenen Kampfstil, sondern auch eine große Bandbreite an weiteren Stilen und Techniken trainierte. »Perfektioniert euren eigenen Stil«, pflegte er zu sagen, »aber lernt auch all die anderen Kampfarten und seid flexibel genug, sie im richtigen Moment zu benutzen.«

Leider versuchte Ben es mit der gleichen Methode noch ein zweites Mal. Das war eine weniger gute Idee, denn diesmal war der Kämpfer aus Kyoto vorbereitet. Geschickt packte er Bens Fuß und ließ ihn auf die Matte plumpsen.

Auch wenig später hatte er mehr Glück, denn er warf Ben mit einem einfachen *O-Goshi* zu Boden.

Nun stand es 2 : 2.

Matt hielt es kaum noch auf seinem Platz, so nervös und aufgeregt war er inzwischen.

Hoffentlich würde es Ben gelingen, die Runde für sich zu entscheiden! Wenn er jetzt verlieren würde, stände es insgesamt 5 : 4 für Kyoto. Schon der nächste Kampf könnte damit zur Gesamtniederlage für Peking führen.

Aber wenigstens *können* alle überhaupt kämpfen, dachte er. Wenigstens wird hier niemand plötzlich bewusstlos. Zumindest das konnten wir verhindern.

Trotzdem … egal, ob Sieg oder Niederlage – Matt würde ein besseres Gefühl haben, wenn das Turnier vorbei war. Dann erst konnten sie den Schuldigen zur Rechenschaft ziehen und verhindern, dass er doch noch etwas anstellte.

Auf der Suche nach Andrei Drago ließ Matt den Blick über die Zuschauer schweifen. Schließlich entdeckte er ihn drüben in der hintersten Reihe neben einem offenen Fenster. So weit vom Lüftungsschacht entfernt wie nur möglich.

Auch Andrei blickte umher und sah sich ständig um. Er wirkte verwirrt und enttäuscht.

Da passiert gar nichts, was?!, dachte Matt bei sich und musste ein Lächeln unterdrücken. Diesmal ist dein Plan nicht aufgegangen, mein Lieber!

Er wandte seine Aufmerksamkeit wieder dem Kampf zu. Die beiden Gegner gingen eben in die letzte Runde.

Erneut gab es eine extrem spannende und für alle Zuschauer ziemlich nervenaufreibende Phase, in der keiner der beiden einen Vorteil herausschlagen konnte.

Plötzlich stolperte der Kämpfer aus Kyoto und riss Ben mit sich auf die Matte. Ben drückte ihn herunter, aber der andere wehrte sich weiterhin und wand sich unter Bens Griff. Er schaffte es zwar nicht, sich ganz zu befreien, aber Ben konnte ihn auch nicht richtig festhalten.

War der Griff gut genug? Nervös beobachtete Matt die Richter, die sehr genau hinsahen.

Doch im nächsten Moment erklang die Hupe.

Ben hatte 3 : 2 gewonnen.

Das war zwar kein sonderlich ruhmreicher Sieg, dachte Matt, aber er zählte schließlich trotzdem. Freundschaftlich wuschelte er Ben durch die Haare, als dieser sich neben ihm auf der Bank niederließ.

»Nicht schlecht.«

»Danke. Das war ganz schön heftig.«

Ben schnaufte erschöpft, aber er strahlte.

5 : 4 für die Akademie Peking. Noch ein Sieg, dann hatten sie es geschafft.

Ihr nächster Kämpfer war Jahmal, der Neue im Team.

Er kämpfte mit großem Mut und Einsatz. Aber sein Gegner war Miguel, der Kapitän des Kyoto-Teams, und der war einfach zu gut für ihn.

Miguel gewann am Ende 3 : 1.

Jetzt stand es 5 : 5 in der Gesamtwertung, und die Stimmung im Dojo hatte ihren Siedepunkt erreicht. Die Schüler des heimischen Teams brüllten sich die Seele aus dem Leib.

»Ky-o-to! Ky-o-to!!«

Angeführt von Catarina hielt die Mannschaft aus Peking so gut sie konnte dagegen. Selbst Mr Figgis stimmte mit ein.

»Pe-king! Pe-king!«

Allerdings waren sie dermaßen in der Unterzahl, dass ihre Rufe im allgemeinen Geschrei der anderen untergingen.

Schließlich erhob sich Sensei Simon.

»Ich bitte um Ruhe für die letzte Runde. Die Kämpfer sollen sich konzentrieren können.«

Der Lärm ebbte ab, aber ein gewisser Geräuschpegel blieb. Die Atmosphäre war einfach so spannungsgeladen, dass absolute Stille unmöglich war.

»Der letzte Kampf wird zwischen Conrad Sienkiewicz und Carl Warrick ausgetragen.«

»Auf geht's, Carl«, feuerte Matt ihn an. »Du packst das!«

»Klar kann ich das hier schaffen«, prahlte Carl großspurig. »Schaut genau hin, da könnt ihr noch was lernen!«

Und damit marschierte er siegesgewiss auf die Matte.

Matt hatte ein gutes Auge für die Fähigkeiten eines Kämpfers. Meistens konnte er schon anhand der Statur und der Haltung erkennen, ob ein Gegner zu fürchten war. Auf einen Blick sah er nun, dass Carl da eine schwere Aufgabe vor sich hatte.

Conrad, der ursprünglich aus Polen stammte, war ein großer, kräftiger Junge. Er war sogar ein Stück größer als Carl, der für sein Alter nun wirklich nicht gerade klein geraten war.

Zudem war Conrad schwerer: mit mehr Muskeln und breiten Schultern ausgestattet.

Doch nicht nur das beeindruckte Matt. Trotz seiner Größe und seines Gewichts war Conrads Haltung absolut locker. Er ging leichten Schrittes, und sein ganzer Körper strahlte Gelassenheit aus.

Die zwei Jungen verbeugten sich voreinander, und der Kampf begann.

Carl brachte gleich vollen Einsatz, indem er direkt zum Angriff überging. Damit hatte er schwächeren Kämpfern gegenüber oft Erfolg, weil deren Selbstbewusstsein unter einer solchen Attacke schnell zusammenbrach.

Der Junge hier war dem jedoch mehr als gewachsen. Er war wie Carl ein Karateka und kannte natürlich alle Bewegungsabläufe in- und auswendig. Er blockte Carl hart ab, schlug zurück und beförderte Carl damit schwungvoll auf die Matte.

1 : 0 für Kyoto.

Als Carl sich wieder aufgerappelt hatte, hinkte er leicht. Er war jedoch sehr darauf aus, seinen Rückstand jetzt wettzumachen, deshalb griff er erneut mit einer wilden Serie von Kicks und Schlägen an.

Sein Gegner blockte sie alle erneut ab, um anschließend Carls Abwehr zu durchbrechen und durch einen Karateschlag gegen den Oberkörper einen weiteren Punkt zu erzielen.

Wieder quäkte die Hupe.

2 : 0 für Kyoto.

Matt konnte genau sehen, dass Carl inzwischen nicht mehr so siegessicher war. Er wirkte angespannt, ja verzweifelt, denn er wusste, er war nur einen Punkt davon entfernt, den gesamten Wettkampf zu verlieren.

»Los, Carl«, rief Catarina nun auch ihm zu. »Konzentrier dich!«

Matt glaubte, eine Veränderung in Carl zu bemerken, als hätte er neue Ruhe und Entschlossenheit gefunden.

Als der Kampf weiterging, blieb Carl seiner Angriffstaktik treu, was wahrscheinlich auch gut so war. Schließlich war das Carls Stil. Diesmal jedoch ging er gezielter vor, nicht mehr so zügellos. Vorsichtig testete er die Abwehr des anderen aus. Seine ersten Schläge wurden abgeblockt, doch er ließ nicht nach, bis er schließlich die Abwehr des polnischen Jungen durchbrach und einen gestreckten Hieb landete.

2 : 1!

Seine Teamkameraden feuerten ihn jubelnd an.

»Deine Taktik ist gut! Lass dich auf keinen Fall ablenken, Carl!«, rief Catarina wieder.

Carl hörte auf ihren Rat. Wieder drängte er offensiv und unnachgiebig nach vorn.

Der andere war nun wirklich stark unter Druck. Er versuchte, mit einem brusthohen weiten Kick an Boden zurückzugewinnen.

Das war ein großer Fehler, denn so konnte Carl locker sein anderes Bein unter ihm wegziehen, wodurch Conrad ebenso auf die Matte plumpste wie Carl zuvor.

2 : 2!

Der Lärmpegel in der Halle war fast unerträglich geworden. Doch Carls Aufmerksamkeit war immer noch auf den Kampf gerichtet, das konnte Matt genau sehen. Seine Miene war ruhig, sein Blick entschlossen.

Dieses Mal ging Conrad zum Angriff über. Er hoffte wohl, den Kampf möglichst schnell zu beenden, bevor er ihm aus dem Ruder lief. Carl blockte seinen ersten Kick ab und den nachfolgenden Angriff ebenfalls, indem er einen Schritt zurücktrat. Dann schoss er unerwartet nach vorn und verpasste seinem Gegner einen kurzen Faustschlag in die Taille.

Conrad strauchelte und stürzte.

Die Hupe erklang, auch wenn sie bei all dem Tumult kaum zu hören war.

3 : 2 – die Internationale Akademie Peking hatte tatsächlich gewonnen!

Carl schlenderte grinsend zu seinem wild jubelndem Team zurück.

»Was hab ich euch gesagt?«, meinte er zu Matt. »Da könnt ihr noch was lernen!«

»Gut gemacht, Carl!«, rief Catarina begeistert. »Wir haben es geschafft!«

»Nun komm schon, *ich* hab es geschafft, meinst du wohl.«

»Carl, du hast gut gekämpft, aber das war ein Mannschaftssieg.« Catarina sah ihn warnend an.

»Ich weiß bloß, dass ich euch allen aus der Patsche geholfen habe. Ohne mich würden wir jetzt ohne den Pokal nach Hause fahren!«

Matt wandte sich ab.

Es hatte keinen Sinn, mit Carl zu streiten, und er wollte sich die Laune auch nicht durch so etwas verderben lassen. Es war offensichtlich, wem Carl seinen Sieg letztlich verdankte: Der kurze Faustschlag, der ihm zu dem letzten Punkt verholfen hatte, war nämlich gar kein Karatehieb gewesen – es war eine

Kung-Fu-Technik. Und die konnte Carl nur bei Chang gelernt haben.

In dem Moment kam Meister Chang auch schon zu ihnen, um allen zu gratulieren. Er war wieder ganz der Alte, wie Matt erleichtert feststellte: beherrscht, aufrecht und mit wachen Augen.

»Gute Arbeit!«, lobte er. »Ausgezeichneter Einsatz von Können, Mut – und Konzentration.«

»Sir?«, meldete sich Matt zu Wort. »Wir müssen Ihnen etwas sagen –«

»Genauer gesagt, müssen wir Ihnen etwas *zeigen*«, schaltete sich Catarina ein. »Könnten Sie mal eben kurz mit uns in die Umkleidekabinen kommen?«

»Selbstverständlich kann ich das tun«, erwiderte Chang. »Aber ich habe den Eindruck, dass euch noch jemand gratulieren will.«

Lächelnd begrüßte er Miguel, der sich eben zum Peking-Team gesellte.

»Glückwunsch, Leute!« Miguel nickte ihnen anerkennend zu. »Wir verlieren zwar nicht gern, aber ich muss sagen, das war eines der besten Turniere seit Langem!«

»Danke, ebenso!«, erwiderte Catarina lachend. Sie überlegte einen Moment und sagte plötzlich: »Wir sollten es Miguel auch erzählen. Oder was meint ihr?« Fragend sah sie die anderen Tangshan Tiger an.

»Mir *was* erzählen?«

»Am besten gehen wir alle sechs gemeinsam zu den Umkleidekabinen.«

»Ja«, stimmte Chang Sifu ihr zu. »Ich bin gespannt, was ihr uns zu zeigen habt.«

Die Tangshan Tiger führten Meister Chang und Miguel aus der Halle hinaus und in die Umkleideräume.

Matt riss die Tür des Metallspinds auf, und sofort strömte der starke, süße Geruch nach Kirschblüten heraus.

»Atmet nicht in der Nähe dieses Stoffstücks«, warnte er die anderen. »Der Stoff ist mit Äthylen getränkt! Der Äthylen-Geruch wurde nur mit dem Kirschblütenextrakt überdeckt, deswegen der Duft. Jemand hatte den Stoff in der Klimaanlage versteckt. Deshalb haben so viele Leute Kopfschmerzen, und *deswegen* …«, er sah Chang an, »… waren Sie gestern Abend auch so schläfrig, Sir.«

Chang sah ihn nur stumm an.

Miguel hingegen war völlig aufgebracht:

»Aber das ist unmöglich! Wer würde denn so etwas tun?«

»Vielleicht jemand, der sauer ist, weil er aus dem Kampfsportteam austreten musste?«, sagte Chang leise.

»Sie meinen Andrei? Aber der würde doch nicht –«

Chang trat leichtfüßig hinauf auf die Bank, von der aus man durchs Fenster ins Dojo hinunterblicken konnte.

»Kommt, und seht es euch selbst an.«

Kapitel acht
Eine unerwartete Herausforderung

Die Tangshan Tiger und Miguel sahen durch das Fenster hinunter in die Halle. Zwei uniformierte Sicherheitsleute redeten auf Andrei Drago ein, der ein mürrisches Gesicht machte.

Plötzlich riss Andrei sich los, sprang nach vorn über eine Bankreihe und rannte auf die Hallentür zu. Die Sicherheitsbeamten setzten ihm nach. In dem Moment tauchte Sensei Simon auf und verstellte ihm den Ausgang, aber Andrei schlug einen Haken.

Mit aufgerissenen Augen verfolgte Matt diese seltsame Flucht:

Auf der Suche nach einem neuen Fluchtweg rannte Andrei jetzt direkt auf die Umkleidekabinen zu!

Matt begriff, dass Andrei gleich hier bei ihnen auftauchen würde.

Und tatsächlich: Im nächsten Moment war er auch schon aus ihrem Sichtfeld verschwunden – und stürzte einen Augenblick später zu ihnen ins Zimmer.

Beim Anblick von Chang, Miguel und den Tangshan Tigern blieb er abrupt stehen.

Er wirkte wie ein gehetztes Tier.

Gerade wollte er wieder kehrtmachen, doch Matt und Miguel waren schneller. Sie warfen sich auf ihn und packten jeder einen Arm. Andrei zog und zerrte, aber er konnte sich nicht befreien.

»Lasst mich los!«, keifte er.

»Warum?«, wollte Catarina wissen. »Damit du mal eben noch ein paar Leute mehr vergiften kannst?«

»Kümmert ihr euch doch um euren eigenen Kram. Warum musstet ihr denn eure Nase auch in meine Angelegenheiten stecken?«

»Ich finde, das war schon irgendwie unsere Angelegenheit, wenn man bedenkt, dass du unseren Wettkampf sabotieren wolltest«, sagte Matt mit scharfer Stimme.

»Du warst das *wirklich*?«, fragte Miguel und sah Andrei fassungslos an. »Wie konntest du nur so etwas tun?«

Anderei sah ihn verächtlich an:

»Ach, du verstehst gar nichts. Niemand von euch versteht irgendetwas. Ihr seid alle Dummköpfe, und ich bin froh, wenn ich endlich von hier weg bin!«

Da trat Chang vor und hob die Hand. »Genug«, sagte er.

Matt bewunderte wieder einmal, dass Chang, auch wenn er noch so ruhig und leise sprach, solch eine Autorität ausstrahlte.

Andrei verstummte sofort.

»Das hier ist nicht der rechte Ort und auch nicht der richtige Zeitpunkt, um diese Dinge zu besprechen. Jetzt musst du dich erst einmal Mr Itos Fragen stellen.«

Chang sah zur Tür, wo gerade die uniformierten Beamten schnaufend auftauchten.

»Bringen Sie ihn bitte zum Büro des Rektors«, wies Chang sie an. »Und informieren Sie Mr Ito, dass ich gleich bei ihm bin.«

Die Sicherheitsmänner führten Andrei weg.

»Soll das heißen, dass Sie schon die ganze Zeit Bescheid wussten?«, fragte Matt ungläubig.

Chang nickte langsam.

»Nach den Vorkommnissen gestern Abend hegte ich einen Verdacht. Ich wusste, dass Andrei Drago das Team verlassen musste, und als ich ihn sah, war ich mir sicher, dass er noch immer einen Groll hegte. Ich nehme an, das habt ihr ebenfalls bemerkt«, sagte er, blickte jedoch nur Matt an.

»Ja, er ist mir schon gestern in der Mensa aufgefallen. Da hat er zwar nicht mit uns gesprochen, aber er wirkte ziemlich feindselig.«

Chang nickte. »Ich habe mir schon gedacht, dass er dir sofort auffallen würde.« Für den Bruchteil eines Momentes huschte ein Lächeln über sein Gesicht, dann wurde er wieder ernst.

»Wie auch immer – es zeigte sich, dass nicht nur ich unter diesen unbegreiflichen Symptomen litt. Müdigkeit. Benommenheit. Kopfschmerzen. Und all das kurz vor einem wichtigen Turnier. Das machte mich stutzig. Vor etwa einer Stunde erzählte mir Sensei Simon dann von Andrei, und da kam mir der Gedanke, dass es sich möglicherweise um eine bewusste Attacke auf alle Teammitglieder handelte. Und ich wusste, dass speziell Andrei die nötigen Chemiekenntnisse besitzen könnte, um einen solchen Plan umzusetzen.«

»Aber warum haben Sie dann nichts gesagt?«, wunderte sich nun auch Miguel.

»Das habe ich durchaus. Kurz vor dem Turnier habe ich

meinen Verdacht Mr Ito anvertraut. Wir haben vereinbart, den Jungen zu beobachten und abzuwarten. Ihr habt das Gespräch in meinem Zimmer gesehen – als ihr draußen in den Kirschbäumen versteckt wart, erinnert ihr euch?«

Die Tangshan Tiger blickten sich an. Also hatte er gewusst, dass sie dort draußen waren! Gab es denn irgendetwas, das Chang Sifu nicht wusste?

Als könne er ihre Gedanken lesen, fuhr Chang fort:

»Wir hatten einen Verdacht, mehr nicht – keinerlei Beweise, um Andrei zur Rede zu stellen. Außerdem wussten wir nicht einmal, wie oder womit er eine ganze Schule betäuben konnte. Noch, wo sich die Quelle dafür befand. Wir konnten somit nichts tun, als abzuwarten. Warten, bis er wieder zuschlug, und ihn dann zu überführen. Aber auch wenn wir es zu diesem Zeitpunkt noch nicht wussten – es war längst zu spät. Andrei hatte seinen Plan schon durchgeführt.«

Er schwieg einen Moment, und als er die fragenden Mienen der Tangshan Tiger sah, erklärte er:

»Ich habe allerdings geahnt, dass es uns so kurz vor dem Turnier kaum gelingen würde, alles aufzuklären und das Schlimmste zu verhindern. – Ich muss gestehen …«, nachdenklich sah er die vier Tangshan Tiger an, »… ohne eure

Nachforschungen hätten wir alle hier ein ernsthaftes Problem gehabt.«

Für einen Moment herrschte absolute Stille im Raum, dann nahm Chang Sifu wieder das Wort auf.

»Wenig später habe ich jedoch gesehen, wie ihr beiden«, er blickte Matt und Catarina an, »in letzter Minute zum Turnier kamt und euren Freunden signalisiert habt, dass alles in Ordnung sei …« Er lächelte, als er die erstaunten Blicke sah, die sich die Tangshan Tiger zuwarfen. »Spätestens da wusste ich: Die Gefahr war gebannt. Es würde Zeugen geben, vielleicht sogar handfeste Beweise. Ich setzte Mr Ito daraufhin in Kenntnis. Deshalb kamen eben auch die Sicherheitsleute, um Andrei mitzunehmen. Sie hatten die Anweisung, ein Auge auf ihn zu haben, sobald der Wettkampf beendet war.«

»Aber war es nicht riskant, ihn einfach weitermachen zu lassen?« Matt starrte Chang Sifu ungläubig an.

»Dieses Risiko war unvermeidbar«, sagte Chang. »Außerdem war ich überzeugt, dass es ja kein ganz so großes Risiko sein würde – zumindest nicht, wenn die Tangshan Tiger mit im Spiel waren!«

Matt wurde ganz warm vor Stolz. Chang hatte also gewusst – oder zumindest *gehofft* –, dass die Tangshan Tiger sich von alleine der Sache annehmen würden. So sehr vertraute er ihnen.

»Wer sind die *Tangshan Tiger*?«, fragte Miguel plötzlich und klang nun komplett verwirrt.

In diesem Moment schlich sich Carl in den Umkleideraum. Er war wohl neugierig, was dort drinnen vor sich ging.

Chang wandte sich Miguel zu. »Ah, eines Tages, wenn du ganz viel Glück hast, wird dir vielleicht die Ehre zuteil, die Tangshan Tiger kennenzulernen«, erwiderte er. »Ich hingegen habe das große Vergnügen, sie meine Freunde nennen zu dürfen.«

Mit diesen Worten drehte er sich um und ging gemessenen Schrittes aus dem Raum.

»Das ist ja echt ein irrer Typ, euer Trainer!«, sagte Miguel beeindruckt.

»Ja«, bestätigte Matt, »das ist er.«

Carl funkelte die Tangshan Tiger böse an.

»Uhhh! ›Ich habe das Vergnügen, sie meine Freunde nennen zu dürfen‹«, äffte er Chang Sifu nach. »Was sollte das denn jetzt?«

»Achtet gar nicht auf ihn«, meinte Catarina zu den anderen. »Er ist bloß eifersüchtig.«

»Bin ich nicht!«, rief Carl erbost und stürmte hinaus.

»Tut mir leid wegen ihm.«

Irgendwie fühlte sich Matt ein wenig für Carl verantwortlich, weil er schließlich zum selben Team gehörte. »Er ist manchmal ein bisschen komisch.«

»Mach dir keine Gedanken«, tröstete Miguel ihn. »Auf jeder Schule gibt es ein paar von der Sorte. Ich meine, wir haben schließlich Andrei Drago!«

»Stimmt auch wieder.«

Carl war zwar ein ziemlicher Kotzbrocken, aber zumindest lief er nicht durch die Gegend und betäubte Leute.

Am nächsten Tag strahlte die Sonne vom Himmel, Kirschblütenduft lag in der Luft, und das Team wollte eigentlich gerade in den Bus steigen, der sie zurück zum Flughafen bringen sollte, nur –

– Matt sah sich verwirrt um. Meister Chang war nirgends zu entdecken.

»Wo ist Chang?«, fragte er.

»Ich soll allen sagen, dass er uns am Flughafen treffen wird«, antwortete Mr Figgis. »Er muss hier noch irgendetwas erledigen und kommt dann per Taxi nach.«

»Was genau muss er denn erledigen?«, hakte Ben nach.

»Das wird er euch sicher später erklären.«

Seltsam, dachte Matt. Andererseits war das ja oft so mit Chang. Man wusste nie so genau, was er vorhatte, aber letztendlich gab es immer einen guten Grund für das, was er tat.

Miguel und sein Team waren jedoch da: Sie waren extra mitgekommen, um sich von ihnen zu verabschieden.

»Gut gemacht, Leute«, meinte Miguel. »Wer weiß, vielleicht sehen wir uns ja eines Tages bei einem Revanche-Turnier.«

»Das hoffe ich sehr«, erwiderte Catarina lächelnd. »Es war toll!«

»Langweilig war es definitiv nicht!«, bestätigte Miguel und streckte ihr die Hand hin. »Macht's gut.«

Auch Matt schüttelte ihm herzlich die Hand, gefolgt vom Rest des Teams.

Dann kletterten sie in den Bus und winkten noch ein letztes Mal, als der Bus in den Verkehr einbog.

Matt freute sich darauf, wieder nach Peking zurückzukehren. Die Akademie fühlte sich inzwischen wie sein Zuhause an. Klar, die Tage in Kyoto waren reichlich aufregend gewesen – aber es würde auch schön sein, wieder daheim zu sein und allen davon zu erzählen.

Wenig später stiegen sie ins Flugzeug und nahmen ihre Plätze ein. Immer noch keine Spur von Chang.

So langsam wurde Matt nervös.

»Wo bleibt er denn? Er verpasst womöglich noch den Flug, wenn er sich nicht beeilt!«

»Entspann dich mal«, meinte Olivier. »Chang kommt doch immer –«

Er brach ab, weil Chang Sifu genau in diesem Moment in der Tür des Jets auftauchte.

Meister Chang trat in die Mitte des Ganges.

»Verzeiht die Verspätung«, erklärte er. »Bevor wir abfliegen, habe ich noch eine besondere Ankündigung zu machen.«

Er schwieg einen Moment, während ihn sein Team erwartungsvoll ansah. »Durch Dani haben wir ein wertvolles Mitglied in unserem Team verloren«, begann er mit bedächtiger Stimme. »Dafür habe ich mit der Elite-Akademie Kyoto einen Austausch vereinbart. Wir bekommen einen neuen Schüler – einen der begabtesten jungen Naturwissenschaftler Asiens. Ich bitte euch alle, ihn willkommen zu heißen!«

Chang trat zur Seite – und Matt fiel die Kinnlade herunter. Hinter Chang stand niemand anders als der große blonde Andrei Drago!

»Hallo. Ich freue mich darauf, in eurem Team sein zu dürfen«, behauptete Andrei mit unbewegter Miene.

Die Tangshan Tiger starrten ihn sprachlos an.

Andrei klang ja, als hätte er gerade eine Auszeichnung erhalten und würde sich nun in aller Höflichkeit dafür bedanken. Als hätte er sich nie mit Sicherheitsmännern gebalgt. Als hätte er *nicht* vor wenigen Stunden versucht, sie allesamt zu betäuben und kampfunfähig zu machen …

Klar, dachte Matt und sah grimmig zu Andrei hinüber, jetzt hatte er ja auch wieder die Chance, in einem Spitzenteam mitzuspielen … noch dazu in einem, dessen Trainer der legendäre Chang Sifu war.

Was um alles in der Welt hatte Chang sich dabei gedacht? Matt war völlig fassungslos. Wie konnte ihr Trainer ausgerechnet *den* Jungen in die Akademie Peking einladen, der hinter diesen üblen Ereignissen steckte? Und das alles so plötzlich … Das ergab doch keinen Sinn!

»Aber – das ist –«, setzte nun auch Catarina an.

Chang brachte sie jedoch mit einem einzigen warnenden Blick zum Schweigen. Er sah die Tangshan Tiger einen nach dem anderen an, und sein Blick war so deutlich, als hätte er die Worte ausgesprochen:

Sagt nichts. Ich weiß, was ich tue.

Matt und die anderen Tiger schauten sich an und zuckten hilflos mit den Schultern.

Tja, mehr würden sie im Moment wohl nicht erfahren.

Nachdenklich sah Matt aus dem Fenster, als das Flugzeug abhob. Die Kirschbäume wurden zu winzigen rosafarbenen Punkten unter ihnen.

Peking lag nur wenige Stunden entfernt. Matt spähte um seinen Sitz herum nach hinten.

In der letzten Reihe, direkt am Gang saß Andrei und blätterte in einer Kampfsport-Zeitschrift. Ein dünnes Lächeln lag auf seinen Lippen. Auf einmal ließ er die Zeitschrift sinken und hob den Kopf.

Mit hochgezogenen Augenbrauen sah er Matt frech an. Es war eine eindeutige Herausforderung.

Matt hielt seinem Blick jedoch problemlos stand. Andrei kapitulierte als Erster. Er schloss die Augen und kippte seine Lehne zum Schlafen nach hinten.

Langsam und mit einer gewissen Genugtuung drehte sich Matt wieder um.

»Was ist denn hier los?«, flüsterte Ben.

Auch Catarina und Olivier sahen Matt fragend an.

»Keine Ahnung«, erwiderte der. Er spürte, wie sein Herz laut klopfte. »Das muss was Größeres sein – irgendwas Wichtiges, das vielleicht schon längst geplant war. Chang muss einen wirklich guten Grund dafür haben.«

»Aber was könnte das sein?«, wollte Catarina wissen.

»Keine Ahnung«, wiederholte Matt. »Aber wir werden es schon noch herausfinden.«

Und damit lehnte auch er sich zurück.

Seine Freunde grinsten zufrieden.

Es war klar, was sie alle vier dachten: So schnell würde es ihnen wohl auch daheim in Peking nicht langweilig werden …

Tangshan Tigers

Ben Hung

Alter: 12

Nationalität: chinesisch-amerikanisch

Sport: Judo

Besondere Fähigkeiten: der *Ko-soto-gari*-Wurf

Stärken: Verfügt über ein ausgezeichnetes Koordinationsvermögen und einen sehr guten Gleichgewichtssinn, weswegen Judo die optimale Sportart für ihn ist. Außerdem ist er ein absolutes Technik-Ass und hat immer wieder ein neues, ganz spezielles technisches Gerät parat, das ihm und seinen Freunden bei der Aufklärung der ungewöhnlichsten Verbrechen helfen kann.

Schwächen: Ist er auf jemanden sauer, kann er ganz schön nachtragend sein. Aber in Bezug auf seine Freunde oder Familie ist er extrem loyal. Wenn er mit den anderen Tangshan Tigern Verbrecher jagt, behindert dies allerdings manchmal seinen kriminalistischen Spürsinn.